망치쟁이

문대준 시집

시음사
시사랑음악사랑

첫 시집을 쓰며

건설 현장 형틀 목수로 살면서 하늘은 내 친구처럼 가까웠고 새벽마다 만나는 달빛은 나를 외롭지 않게 해주었다. 자연에서 살아야 해서 까맣게 그을렸고, 흐르는 땀이 비 오듯 쏟아지던 날엔 나는 절망하며 후들거리는 몸뚱이를 끌고 돌아왔다.
사실 글 쓸 줄도 모른다. 그저 내 생각을, 아둔한 나를 써봤을 뿐 내가 이걸 문학이라 말하는 지금도 독자님께 미안해질 뿐이다.

현장의 거친 숨소리 속에 살면서 순화되지 못한 우리의 언어까지는 표현 못 해도, 높은 담장에 가려진 현장의 삶을 보여주고 싶어 한다.

스무 살 초반에 구로 공단에서 공장 노동자의 삶과 멋모르고 따라다녔던 노동운동, 시위 현장에서의 느낌은 내 정신세계를 흔들었다. 옳고 그름이 뒤바뀌는 혼란기였다.
그때 들었던 박노해 시인님의 〈노동의 새벽〉을 몇 번이고 듣고 읽어 본 것이 나의 문학의 전부였다. 노동의 새벽은 충격이었다. 공장 노동자의 힘겨움을 시로 읽을 수 있었다.

"시"라고 말하지 않으련다. 그냥 나만의 글을 쓴다.
띄어쓰기도 없이 무작정 내 마음대로 내 가슴속 내 마음을 써 놓는 소중함이었다.
그 편지 안에는 그녀가 있고 꽃의 노래가 있고, 내 엄마가 있고, 새벽달의 미소가 있고, 나의 서러움이 담겨

졌다. 까맣게 멍든 손톱은 까맣게 달 떠 있다. 죽어 버릴 만큼의 고통을 쓰고, 재미진 삶을 쓰고 싶어 한다.

가슴이 아파와서 눈물 흘리며 썼던 나만의 언어들, 내가 사랑하는 그녀에게 보내는 나의 말들, 내게 소중한 하나하나의 편지였다. 달 뒤에 숨어있던 그녀는 오늘 밤도 내게 위로를 보낸다. 쓰고 지우고 또 쓰고 지워 버렸던 나의 편지를 감히 세상 앞에 내놓는다.

올곧으려 노력하는 내 마음이 무너지지 않으려 적어 보고, 이 세상 속의 두려움을 나누려 그녀를 찾는다. 허락 없이 너를 사랑한 나를 용서할 거라고 생각하면서, 나의 편지는 아직도 그치지 않고 있고 뼈가 아리게 고단한 노동마저 웃어 보낸다. 내일 또 뼈가 아려도 오늘 꽃밭에서 바라보는 꽃의 웃음은 나를 설레인다.

먼지 덮인 푸석한 모습의 초라한 내 삶을 부끄럼 없이 세상 앞에 내놓는다. 지금껏 마음에 담았던 나만의 따스함, 나만의 올바르고자 했던 나의 몸짓들을 가감 없이 봐주시길 바라며 이 글을 마친다.

시인 문대준

I. 쓰고 또 써도 지우는 나의 편지

QR코드) 스마트폰으로 QR 코드를 스캔하면
시낭송을 감상할 수 있습니다

본문
시낭송
감상하기

제목 : 4월의 크리스마스
시낭송 : 박영애

제목 : 사랑해요 목련화
시낭송 : 최명자

영상은 YouTube 정책 또는 운영 관리에 따라 삭제될 수도 있습니다.

2. 망치로 그려놓는 나의 흔적들

3. 멈춰지지 않는 엄마 생각

4. 꿈에 그리는 고향 영암

1. 쓰고 또 써도 지우는 나의 편지

4월의 크리스마스

벚꽃은 눈이 되어 따스한
봄의 거리에 쏟아져 내렸다

튀밥을 뻥 소리로
세상밖에 터트려 버린 듯이
자잘한 꽃잎은 하얗게
바람 따라 흩날렸고

너의 하얀 치마가 펄럭이듯
하늘하늘 흔들리며
내려오는 작은 꽃잎은
빠르지 않게 세상 속을 비행한다

징글벨은 소리 없이 울리고
쏟아지는 벚꽃잎의 화이트 크리스마스
따스해도 녹지 않는 눈이 내린다
4월의 크리스마스

메리 크리스마스!

 제목 : 4월의 크리스마스
시낭송 : 박영애
스마트폰으로 QR 코드를 스캔하면
시낭송을 감상할 수 있습니다

9

물수제비

나를 너에게 던졌더니
나는 저 멀리 튕겨져 달아나고
너는 그림자로 퍼져 남는다

잔잔한 그림자 속에
그리운 너의 모습 퍼져갈 때
내 맘속 여운을 남겨 두고

너의 얼굴처럼 작고 납작한 돌
또 하나 주워들어
저 멀리 던지니

통통통 튀다가 물속에 빠져버린
내 맘의 돌멩이 너의 맘속까지
닿아준다면….

포구

어둠의 바다인가
저 멀리에 파도 소리
들리고

코에 느껴지는
작은 짠 내음은
내 삶에다
간을 하듯이 짭조름함을
바람에 싣고 온다

포구의 구석에서
쭈르륵 늘어선 어선들은
낮이 고단한지
일찍이 잠들었고

뱃머리 살랑살랑
파도가 흔들 적에
요람을 흔드는 어미의
손길은 한없이 부드럽다.

자존심

툭 하고 꺾어지지 말아라
너 부러지면 나 떨어질라

내세울 건 없지마는
초라하면 얼굴이 뜨겁고

아래로 내려다보면 편하긴 해도
작아 보이긴 싫구나

산천초목이 수없이 바뀌어서
내 머리 위의 초목마저 바뀌었어도

바뀌지 않은 너만이 나의 상징이다
너 무너지지 않도록 올곧은 길만을
돌아 돌아서 걸어가련다

자존심아!
휘어지지도 부러 지지도 말고
유연하고 반듯하게 그 자리에
꼿꼿하게 서서 나를 지켜주렴아.

봄

차가움 뒤에 숨었니?
아무리 숨어도 너 가까이 온 거 다 알아
너 오면 따스한 바람 불거든

집 언덕에 수선화 새싹이
빼꼼 내밀었네

내 님 가슴에도 그 따스함 전해주라
그 님 가슴에도 따사로운 날에
봄볕 노란 수선화 피어날 수 있게
따스한 볕 비춰주렴.

구절초

아침 해가 떠오를 때
넌 하얀 꽃 피어 있었다

이슬이 방울방울
맺혀 있을 때 넌 더
정직해져 있었다

향기마저 이슬에
붙들린 채로 넌 그저
꽃봉오리 꽃잎만
내게 보여줬었다

햇볕이 이슬을 말려 죽이고
너의 향기가 훨훨 날아다닐 때
가을 산 단풍은
빨갛게 물들고 있었다.

마지막 잎새

떨어지지 못하고 가지에
붙들려서 한없이 흔들려
있는 잎새여

정일랑은 버리고 어차피
떨어질 거라면 주저하지 말고
내려오소

이런저런 생각에
시절을 잃게 되면

마지막 잎새처럼 옹색하게
매달려 진 채로 그대 체면 또한 깎이는데
인제 그만 내려오소.

의자

당신 지치고 힘들면 잠깐 앉아 가세요
가다가 생각나서 발걸음 무겁다면
내 등에 앉아서 잠시 쉬었다 가세요

내게 앉아서 삶의 무게를 살며시
내 등에다
내려두고 조금만 가볍게 떠나세요

당신 지금 힘든가요?

내 등에 걸터앉아서 목마름도 달래고
세상 시름에 흘렸던 땀도 손부채질로
날려버리고 가세요

당신 힘든가요
내가 당신 곁에 의자가 되어드릴게요.

덤

자네처럼 예쁜 사람이
자네 같은 천사가

내게 달을 따 달라고
말한다면

달만 따오겠나?
별도 하나 덤으로
따 가지고 올라네.

친구

좀 어색하면 어때
좀 미안하면 어떻고
수십 년 넘는 틈새가 잠깐 새에
사라져 버리구나

다소 멋쩍어 보였어도 편안했고
모른척하며 웃음 웃고 있을 때도
궁금했던 내 친구야

내 마음이 반갑다고
너마저도 그렇지는 않을진대
내 마음은 한없이 너만을 생각하는구나

지나간 세월을 지우개로 지울 수만
있다면은 멋없이 살아버린
그 시절을 지우개로 지워내고

알록달록 물감으로 곱게 색칠하고
다듬어서 그림으로 그려내면

예쁜 수채화가 될 텐데….

배짱

넌 왜 그리 예뻐?

무슨 배짱으로
그렇게 예뻐졌어?

동그란 눈 오뚝한 콧날
서글서글해 보이는 눈매가
한없이 예쁘다

너 참 배짱 두둑하구나!

취중 진담

어느새 너에게 취해서
횡설수설 중인데
너의 생각을 너무 많이 마셨을까?

끝없이 너만이 생각나는 이 밤을 걷는다
비틀대는 몸짓으로 너를 생각한다
너의 생각 한 모금은 나의 목을 애태우고
목구멍이 촉촉해질 때까지 너의 생각 한잔을
더 마시고 싶어 한다

너에게 취해서 비몽사몽 속에 빠져들고 싶다
아무것도 생각나지 않는 혼수상태로
너에게 취해서 비몽사몽 속에 빠져들고 싶다
너에게 취한 채로
너만 사랑한다고 말하고 싶다

날이 새면 아무것도
생각나지 않는다고 말하며 겸연쩍게
웃음 웃고 싶다.

초승달

어둠 속에서 살짝 눈뜬 초승달
외로움의 흔적처럼
까만 어둠을 입고 서서
짙게 그려 올린 속눈썹의 희미한
깜빡거림만이 고요 속의
어둠을 밝힙니다

졸리운 듯이 서쪽 하늘의 잔등에
기대어 선 채 그 누구를 기다렸기에
지친 모습으로 아직도 떠나지 못해
서쪽 하늘에 걸쳐 있나요

아무도 보이지 않는 새벽을
무서운 표정 하나 없이
속눈썹처럼 가늘게 휘어진
그대의 작은 눈웃음은
길 가던 나를 세웁니다

다가서 오는
저 밝음의 새벽빛이
그대의 길을 찾아 줄 겁니다

그대여 어둠에 길 잃었다면 날 환히
밝거든 떠나세요
어둠의 꽃처럼 빛나던 달빛을
잃어버린 당신의 초연함을 아파합니다.

비 오는 날에

비에 젖으면 질퍽한데
당신께 젖어버릴 때는 뽀송해요

비를 맞으면 당신 생각들이 씻길까 봐
우산을 썼는데
오늘은 쏟아져 내린 당신 생각들로
내 맘을 흠뻑 젖게 하고 싶습니다

솜처럼 뽀송한 내 맘에 당신은 빗물 되어
흠뻑 적셔 주세요
젖다가 젖어 들다가 울컥 터지면
그 눈물 속을 하염없이 헤엄칠게요

당신의 넓은 강에다
내 작은 종이배 동동 띄워 보내줄게요.

버스정류장

버스정류장 벤치에 앉아
버스를 기다립니다
혹시 당신에게 가는 버스가 있을까 봐
무작정 기다립니다

목적지도 모르면서 버스를 기다립니다
저 멀리 버스 오면 당신이 계신 곳 적혀
있는지 찬찬히 쳐다볼게요
그곳이 어딘지도 모르면서 쳐다볼게요

나를 싣고 달리다가 어딘가에 내려지면
당신이 있을까요?

무작정 버스 타고 당신을 만나러 가고 싶어서
정류장을 서성입니다

알지 못할 정류장 이름처럼
멈추지 않는 버스는
나를 두고 떠나가신 당신처럼 뒤돌아보지 않고
무심하게 지나가 버립니다.

엉큼하니

엉큼하니 쳐다본다
단풍 물든 매력 있는 너의 모습을
굽이굽이 멋진 뒷모습이
어둑한 달빛 아래
볼수록 아름답구나

너의 얼굴 쳐다보면
곱게 꽃핀 네가 탐이 나서
아니 본 듯 엉큼하게
몰래몰래 쳐다봤다

가을 단풍만큼
붉게 물든 내 가슴은
네 앞에서 얼굴만 붉히고 있고

엉큼한 맘 달빛에 들켜버린
쑥스러움은
붉은 단풍빛으로 곱게 곱게 물들고 있다.

짠 사랑 (자린고비)

굴비를 걸어 놓은 듯이 너의 사랑을
천정에 걸어두고서
오늘도 아까워서 쳐다만 본다

아깝고 아까워서 소금 간 좀 더 할걸
짜디짠 맛은 아까운 맛이로다
그 맛에 반했으니 너와의 사랑은 짭짤하구나

한 번 보고 또 보면 닳고 닳아
헤지려나?
보고파 안달인데 볼 수가 없어서

그토록 침 흘려도 그 자리 그대로다
천정에 걸어둔 너의 사랑이
언젠가 뚝 떨어지면
내 한입은 미소 지을라.

빨간약

물끄러미 바라봤었어
그저 좋아서 아무 말도 못 하고
바라만 봤었는데
널 바라만 봐도 숨 막히게 좋더라

좋아만 해도 상처가 생기는 걸까?
너를 가까이도 못 가고 서성였는데
상처가 생겼는지 쓰라리구나

너 나를 약 발라 줄래?
내 가슴에다
빨간약으로 두껍게 색칠 좀 해주고 가라

울퉁불퉁 돋아난 상처에다
빨간 사랑 하나 그려주고 가라

너 하나 사랑하다 멍든 마음에
빨간약 빨갛게 찍어 발라주고 가라

겨울 창문에 그려진 그림

추워서 창문은 눈물을 흘린다
따스한 햇볕은 창에 걸려서
너에게 온기 불어넣어 주고

호호 불어대는 보일러 입김은
하얀 연기가 되어
쉴 새 없이 창가를 날아다닌다

유리창에다 햇살이 호~ 하며
입김 불어놓아 뽀얗게 이슬 맺혔고
맺힌 뽀얀 수증기 더미는
눈물로 흘러내리면서
그림을 그려댄다

난초를 그린 듯
때론 대나무를 그린 듯이 힘차게
그려진다

겨울 창문은 따뜻함과 차가움 사이를
갈등하고 번민하다가
싸늘한 눈물방울 죽~죽~ 흘리면서
유리창의 그림판에 그림을 그리고 있다.

헝클어진 가을

파란 가을 하늘에 하얀 구름은
화난 여인이 할퀴어 놓은
손톱자국처럼 휙휙 휘저어졌다

미친 바람에 머리칼 흩어져
사방이 어지럽게 어질러진
구름의 조각들은
난도질당한 시체가 되고 찢긴
꽃잎이 되어 파란 하늘을 떠다녔다

창문을 흔드는 바람에
문고리는 벌벌 떨기만 하고
문풍지의 노래는 한없이
서글퍼서 눈물을 뚝뚝 흘린다

홀로선 허수아비가
손을 들어 춤을 추고
고개 숙인 모자 속에 울음 우는
이중의 세상 속을 허탈한 맘으로만
살아간다

한 땀 한 땀 바느질해서 꿰매지는
낡은 옷자락이 단정함으로 바뀌듯이
너덜거리는 찢긴 상처를 꿰매 줘야지
허수아비의 얼굴을
모자로 가리지 않은 채 보이게 해서
춤을 춰야지

한 잎 한 잎 떨어져 쌓인 낙엽들은
술 취해 잠든 이의 몸뚱이처럼
드러누운 채 바스락거림의
골짜기를 만든다

가을 하늘을 휘저은 사나운 바람이
이리저리 헝클어버린 어지러운 가을은
삐딱하게 짜증 내며 투정 부린다.

꽃씨

내가 꽃씨가 되어
간밤의 봄비 한 자락에
목축이여
너의 가슴에 조그만 싹 하나
틔울 수만 있다면

봄바람이 차가워도
메마르고 비틀려도
난 너의 따스한 온기에
힘을 얻고
너의 작은 풀숲에다

싹을 내밀어볼게
따스한 햇살
비추는 작은 언덕에서
나의 작은 싹 피워올려
잎 푸른 작은 송이
들꽃이 되어서

혹여 너 지나갈 때면
예쁜 인사 손 인사로
꽃송이 흔들어줄게.

껍덕

내 안의 모습을 숨겨놓으려
껍덕을 덮어쓴다

내 약함을 달리 보여주려고
껍덕을 덮어썼다

작은 나를
두껍게도 포장해서
낯껍덕도 두껍게 만들었다

뻔뻔해지고 싶어 뒤집어썼더니
내가 아닌 껍덕으로 보여진다

양의 껍덕일지 여우의 껍덕일지
짐승의 껍덕일지 나무의 껍덕일지

나는 안 보여도 보는 이의 눈엔
대단한 껍덕만 보여질거야

나를 숨기려 껍덕을 뒤집어쓴다
부끄럽고 숨기고픈 나를 이 세상에
뻔뻔하게 내던진다

이 세상 뻔뻔한 우리는
모두 껍덕을 썼다.

상여 꽃

하얀 벚꽃잎 물에 빠져 조용히
떠내려간다

꽃상여 지나간 자리마다
상여 꽃은 하얗게 흘려 있고

펄럭펄럭 날리는 서글픈
하얀 꽃 너의 꽃잎은
강물에 하얀 상여 꽃이 되어
떠내려간다

봄날 하얀 꽃잎 흩날리어서
서러움 되어 물 위에 상여 꽃으로
떠가는구나

한 잎 한 잎 떨어져 내린 하얀 꽃잎 더미가
물에 빠진 하얀 상여 꽃의
서글픈 넋이 되어 떠내려간다.

키오스크 (무인 주문기)

돈으로만은 살 수가 없고
입만으로도 살 수가 없네

꼭 손가락으로만 살 수 있는 세상아
나 같은 늙은이 어쩌라고
이렇게 변해가누

생각도 잊어버려 시간도 잊어버려
잊히기만 하는 세상을 나더러 어쩌라고
입만은 살았으니 말로 좀 사 먹자고요

멀쩡하게 사는 입이 손가락만 못하구나!

보이스피싱

내 간을 빼먹으려고
자꾸만 연락이 온다

알 수 없는 늑대가 배고파하며
어디선가 내 목을 물려고 숨어 있는
세상을 눈 감고 살아간다

선량한 할머니는
"떡 하나 주면 안 잡아먹지"
말했다고 떡 줘버렸고

전화 속 달콤한
전화 속 무서운
알 수 없는 말들 속에 정신 줄 안 놓으려
꼭꼭 묶는다

영어도 못 배운 내게 오는 영어 문자는
무서워서 보자마자 지워버렸고
지뢰처럼 숨겨진 문자를 열지도 못하고
가슴을 쓴다

세상 속 겁쟁이 되고
의심병 환자가 되어가는
우리는 믿음을
잃어버린 채 쇠창살 속에 우리를 가둔다.

꽃무덤

내가 사랑했었던 너희들의 화려한
주검들을 못 본 체하려 한다

간밤에 떨어져 내린 꽃 이파리들이
켜켜이 누워져 있다
저벅저벅 거리는 발자국 소리에
싸늘한 생각을 할 때쯤에

내 님의 발소리는 나를 즈려밟고
지나가고
나는 피를 토해냈어도 꽃의 웃음을
웃었고 길바닥에는 내 웃음의
탁본이 누워져 있다

수많은 꽃들은 바람을 맞아
힘없이 떨어져 내리고
길 위에는 나를 사랑하는 님들이
사뿐한 발소리로 즈려밟아버리신
꽃 그림들로 범벅을 이룬다

한 잎 또 한 잎씩 내려오는 꽃잎들의
무덤처럼 길 위에는 밟혀진 꽃들의
슬픔의 얼굴들로 가득하다.

달의 몰락

내가 너를 그리워하는 건
네가 생각나서가 아니라
달에 비친 그림자가
너를 닮아 보여서였다

밤을 떠다니는 달의 조각은
내가 너의 마음
한 조각을 잃어버린 것처럼
둥글지 못해 허전한데

내가 너를 그리워할 때
너는 어디에도 없었고
그저 달그림자만이
너의 모습처럼
나를 보며 웃고 있다

달그림자는
지독히도 좋아했던
너의 모습을 흉내 내다가
캄캄한 어둠으로 사라지고
나는 어둠에 덮인 너의 그리움을
찾으려 어둠 속을 더듬거린다.

붉은 장미

내가 사랑하는 이여
나를 사랑해 주오

핏빛 물들 때까지 붉게 피었을
나를 기억해 주오
나의 꽃잎이 뚝뚝 붉은 물 흘리고
서서 당신의 사랑을 기다립니다

담장 울타리를 기어올라
밤이면 이슬에 내 마음을 씻고
낮에는 뙤약볕에 당신에 대한 그리움을
물들였습니다

사모하던 마음이 아픔의 가시로
돋아나고 가시의 아픔 속에서 붉게
꽃 피어오릅니다

나를 사랑하는 이여
달이 밝아 내 모습 보이거든
나를 한 번만 안아주오
달빛이 나를 환히 비추거든
내 붉은 입술에 입을 맞춰주오

내가 사랑하는 이여
붉게 물들었던 나를 기억해 줘요
사랑하는 이여
나의 향기를 절대 잊지 말아 줘요.

그렁그렁

물풍선을 달고 서 있는 듯
금세라도 터져 버릴 듯이
그렁그렁 눈물 맺혀진 너의
눈언저리는

나와 눈 마주치면
툭 터져 버릴까 봐서
바라보지 못하고
뒤돌아서 섰다

목이 메어 말 못 하고
손목 잡을 때
또르르 굴러 내리던 그 한 방울에
내 가슴은 덜컥 내려앉는다

글썽이던 그 눈물방울
언제 말라 들까?
토란잎에 이슬 맺힌
커다란 눈물방울 또르르 굴러내린다

손사래 쳐대며 얼굴을 흔들어도
그렁그렁 그 눈물방울 매달려 있다.

언덕 위의 들장미

하얀 꽃잎을 화려하게
피운 너는 어울리지 않은 곳에
집을 지었다
외딴 풀숲 언덕에 넌 피었다

앙증맞게 작은 꽃송이가
맘에 들어 사랑하고
잊지 못할 만큼의 매혹적인 향기에
반해서 너를 사랑한다

저 언덕에 하얀 꽃 피워 놓고
외롭게 서 있는 들장미
너를 사랑한다

부담스럽지 않게 수더분한 네가 좋고
소란스럽지 않은 너의 분위기가 좋고
너의 곁에 개구리 소리가 좋고
풀벌레의 노랫소리가 좋다
내가 널 사랑하고
좋아하는 이유이다

아무도 오지 않는다고 슬퍼 마라
너의 꽃잎들이 바람에 흩날리는 날까지
내가 너를 흠모하리라.

커피믹스

종이컵에다 너의 모가지를
부러트려 쏟아붓고 뜨거운
물로 너를 녹인다

길쭉한 껍데기 말아 쥐고
휘휘 저어주니 너의 빛깔은
곱게도 피어오른다

상념 속에다 뜨거운
너 한 모금을 삼켰다
소싯적 다방에서 마셨던
뜨겁던 커피가 생각난다

종이컵에 담긴 너 한 모금을
입에 삼키며
추억 속 사치스러운 커피 한잔과
낭만을 보며 웃음 짓는다

커피믹스 한잔이 만든
기억에서
아름다운 미스리는 저 멀리서
날 보며 윙크를 한다.

풀밭

따스한 봄날에
길가의 풀포기처럼
너의 생각들은
왜?
자꾸만 자라나니?

쑥쑥 자라나는
너의 생각들을
미처 정리하지 못해서
잡초처럼 수북하구나

너의 손목에 걸어줄
시계풀은 꽃을 피우고
네 잎만이 행운을 준다기에
세 잎의 무리 속에서
행운을 찾으려고
눈 빨개지게 뒤적거린다

너의 풀밭에는
네 잎의 행운도 빤짝거리고
시계풀꽃의 롤렉스도
재깍거려 소리 내며 돌아간다

무성하게 자라는
너의 생각들을 자유롭게
자라도록 내버려둘게

풀밭이 꽃 피도록 그냥 놔둘게
너 꽃 피면 나비 되어 날아서 갈게.

참새

네가 보고 싶은 날엔 너의 창가로
날아가 앉아
널 바라보고 싶어

창가에 앉아 입이 아프도록
쫑알거리며 너를 사랑한다고
말하고 싶어

창가에 날아든 밀알 하나를
나눠 먹으며 배부른 표정 짓고 싶어

해 질 녘 빨간 노을에 눈 붉게
물들면 뒤돌아서 울지 않을게

내일도 날이 밝거든
너의 창가에 날아가 앉으면 될 테니까.

대부도 동창회

대부도의 초승달이 졸린 듯
드러누웠네

긴긴밤 친구들의 도란도란 담소에
잠 못 이룬 듯 졸린 눈 하고서
가던 길 멈추어서
부러운 듯 우리들을 내려다본다

겨울답지 못한 포근한 바닷바람이
우리의 따스한 마음인 양
어느 한구석도 춥지 않아서
마당 가에 국화꽃도 웃음 웃고 있구나

우리가 잠들어 창가에 불이 꺼질 때
달님도 기다란 속눈썹 비비며 새벽의
가던 길을 재촉하네.

장미

당신은 빨간 치마폭 너머에서
꽃가루로 분 단장을 하고
꽃향기 가득한 우물 속
향기를 두레박에 가득 담아
나의 가슴에 엎지릅니다

꽃잎은 단정한 여인의 머릿결처럼
웨이브마저도 관능미로 보일 때
당신의 청아함은 아침이슬 한 방울을
눈에 담고 서 있었습니다

빨간 한 송이는 마치 치맛자락을
펄럭이면서 금방이라도 내 손을 당겨
탱고 춤을 출 것 같은 정열을 담았습니다

사랑에 적셔진 당신은
빨강의 궁전에서 빨강의 향기와
빨강의 꽃잎을 뿌려줍니다.

이팝나무꽃

가지마다 한 짐씩 꽃짐을 지고
무거움에 등 구부려진
이팝나무꽃

발 디딜 틈도 없이 빽빽하게
피워 놓은 가지는
밤새도록 힘들게 버티었구나

욕심 나무야!
조금 더 예뻐지려고 욕심 가득
피워서 환하고 소복하구나

너 지고 나면
나무 아래는 꽃잎이 소복이 내려
쳐다만 봐도 배부르겠네

내일 아침에 너의 꽃잎이
바닥에 소복이 내려지면
바가지 하나 가득 꽃잎을 담아
내 임 문 앞에다 뿌려줘야지.

빗방울 소리

한 방울씩 떨어지는 빗방울 소리

투둑투둑

소리마다 그대 생각나네

밤새 얼마나 얼마나 내렸을까~?

내 가슴에 얼마나 고였을지 모른다.

벌처럼

꽃을 보면 찾아가 안기고
쪽쪽 꽃잎에다 뽀뽀하고
꽃을 좋아하는
나는 벌이 되고 싶다

너를 찾아가 언제라도 달콤한
너의 입술을 탐하고 싶은
나는 벌이 되고 싶다

바람둥이처럼
이 꽃 저 꽃 온갖 꽃들의
향기 속을 춤추며 날다가

달콤한 너의 입술에
입맞춤하는
나는 한 마리 꿀벌이 되고 싶다.

새벽 비

닫힌 창문 틈으로 스며오는
빗소리는 어둡게 들려온다

타당 타당 처마의 양철판을 두드리며
너 오는 발소리에
어제 따오지 못한 빨간 고추를
아쉬워하시는 어머니는
한숨 소리를 내신다

모두 잠든 새벽에 내리는 빗방울에
가냘픈 양철판 울음은 처량하다

마당 가에 청개구리
너마저도 슬프게 우는 이 새벽에
빗방울 소리가 잠을 깨워 놓으니

어제 하지 못한 일들을 아쉬워하시는
어머님의 마른기침 소리는
쏟아지는 빗소리에
캄캄함 속으로 묻혀 사라지고

문 열고 내다보는 마당에선
어둠을 때리는
빗소리만이 가득할 뿐이다.

수박 (납량특집)

무서운 식칼 들고
꼭지를 뚝 잘라내더니
너의 얼굴을 이리저리 굴려본다

넌 내게 무서움 주려고 줄무늬 호랑이 분장을
했지만 이내 누운 채로 쟁반 위에서
체념을 한다

식칼이 너의 중앙을 스윽 내려치니
빨간 너의 속살은 핏물 흥건하다
빨간 살에 빨간 물 뚝뚝 흐르고
식칼은 너를 반달처럼 툭툭 조각 내놓은 채로
우린 침 흘리며 너의 빨간 살을 입에 가져간다

너의 속살의 달콤함은
내 님의 빨간 립스틱 발라진
입술보다 더 달콤하기만 하고
애타던 내 목구멍까지 시원하게 달래준다

너의 얼굴에 박힌 검은 주근깨를 나의 요염한
혀의 현란함이 하나도 남김없이 모두 발라내서
입술을 모아서 풋- 풋- 하며
내 님을 향해 사랑의 총알을 쏜다
한여름 수박은 시원했고
우리의 가슴을 서늘하게 해준다.

변덕

여름 날씨는
내 아내처럼
변덕쟁이다
금세 해 비추다가
소나기 한줄기를 뿌리고

여름 날씨는
우리 아이들처럼
높푸른 파란 하늘처럼
맑기만 하다가
천둥·번개 치면서
비를 내린다

내 맘은 여름이면
조심스럽다
아내처럼 자주 바뀌는
여름을 달래야 하고

아이들처럼 짜증내는
번개도 피해야 한다
오락가락 소나기는
꼭 우리 식구 맘 같다.

나이

높은 줄도 모르고
뛰어올랐더니
이젠 내려다
보기도 겁이 날 만큼을
올라서 버렸다

뭐가 그리 급하다고
껑충껑충 뛰어올라서
지난날을 돌아볼까?

내 속에다 두둑이 담아서
꽉 찬 알곡처럼 쌓았는데
햇볕에 그을리고 말라버린
쪼글쪼글한 잔주름은
내 나이 아니겠나?

이젠 뒤돌아 갈 길도 사라진
청춘을 돌아보려 하지 말고
허허로이 웃음 담긴 얼굴로
뚜벅뚜벅 천천히 걸어 가보세.

치자꽃

얼마나 하얘야 너처럼
하얄까?
얼마나 하얘야
너만큼 하얀
향기가 날까?

냇가 맑은 물에서 꺼내 났을지
파란 하늘 하얀 뭉게구름 속에서
꺼내 났는지 너의 빛깔은
숨막히도록 하얗다

하이타이 거품이 하얗도록
질근질근 밟아 빨아도
하얄 수 없을 만큼
희고 부드러운
너의 살결
너의 하얀 향기에

감히 검어진
내 눈길이 스쳐서 간다.

평상

122동 앞 평상은 너무 착하다
밤에 찾아가서 드러누우면
하늘을 통째로 내게 쏟아 내린다

가로등 은은히 모퉁이 비추고
달님은 가던 길 멈춰서
손 흔들어 인사를 하네

날리던 연기 사라졌고
기나긴 담배의 갈등을 끝내고
모두는 평화롭고
아름답기만 하다

화단에서 들리는 풀벌레들의
교향곡에 맞춰
떠가던 구름은 즐겁게 춤을 추듯
하늘을 수놓고

나뭇잎 사이로 보이는 반짝이는
별빛은 수줍어서
오래 눈 마주치지 못해
이내 사라진다

122동 평상이 고맙다
그곳은 우리 마음에다
밤의 하늘과
밤의 바람 밤의 소리
밤의 자연을 가져다줬다
담배 연기 담배꽁초 없어진
122동 평상은 자연이다.

봉숭아 손톱

숭얼숭얼 매달린 꽃송이
빨간색 물 담긴 봉숭아꽃
빨간 송이를
곱게 찧어서

열 손가락 끝에다가
얹어두고서
영혼까지 물들어
주길 기다린다

반짝반짝 보석 같은
열 손가락 손톱은
요염한 빨강 빛깔로
유혹하고

지우지도 못할 만큼
빨갛게 물들이면
너 싫증 나서
빠져나올 날까지는
너는 내 몸의
빨강이더라.

비바람 치던 밤

잔뜩 화가 나 있었다
내게 뭘 따지러 온 것처럼
밤새 문을 쾅쾅거렸고
술이라도 마신 것처럼
소리 나는 것을 두려워하지 않았다

창문을 열면 시원했을 텐데
너무도 문 흔드는 바람이 무섭고
시끄러워서 무더운 여름날도
문 닫고 잠들다가

새벽녘 너 떠난 후에 조용히
문을 여니 바람이 참 시원했다.

거미줄

어렵게 잠재워 놨더니
꼬물꼬물 깨어나
나를 잠 못 들게 하는 그리움
너는 누구냐

내 가슴이 흠모하는 그대
내가 사랑하는 그대를
이 밤도 찾아 헤매게 하는
너는 누구냐

살짝 눈뜬 초승달이 내려보는 달밤에
난 한 마리의 거미가 되어
그대의 길목에다 거미줄을
만든다

잠 못 들게 하는 너는 누구냐?
어둠을 날며 찾아드는 너의 그리움을
나는 밤의 거미가 되어
잡으려 한다

나의 사랑으로 엮은 거미줄에
나를 몰라주는 그대를 잡아두려 한다

잠 못 들어 밝은 아침에
빈 거미줄을 보며
허기진 사랑은 꼬르륵 배고파한다.

오이장아찌

겉모습이 쪼그랑 해도
너를 깨무는 맛은
짭짜름하고 아삭한 맛이 난다

된장에 코 박아 짠물 삼키고
구수한 된장 흉내를 낸다
할머니 손바닥 주름살 닮은
주름은 차라리 곱다

송송송 잘린 채
겉치레 대충 하고 시원하게
조물조물 볶은 깨 머리 얹고
접시에 앉으면

너 한입 입에 담을 때
아삭아삭 소리도 시원하니
구수하고 아삭한 맛은
여름이 제맛이다

어릴 적 찌그러진 양은 도시락에서
매일 만나던
너를 싫어했던 내가 미안하구나.

비밀 (비자금)

숨겨둘 게 하나 없을 줄
알았는데
너 하나를 꼭꼭 숨겨둘게

자랑인 줄 알았는데
비밀이었네

내겐 비밀 하나 생겼어
너는 내겐 절대 비밀

근데 그 비밀은
내겐 자랑이기도 해
너무 소중하니까
꼭꼭 숨어 있어 줘.

상사화

얼마나 더 당신을
사랑해야 할까?
이만큼 사랑하면 될 것 같은데
사랑의 껍데기 훌렁 벗겨진 채로
당신은 꽃피었습니다

기다려도 오지 않던 임 생각에
흔적마저 지워버린 잎새는 떠나고
비 오는 산길에 활짝 핀 상사화는
부끄러워 몸 비틀어 꽃 피어납니다

목 길게 내밀어서 누군가를 기다리는 꽃
기다림을 참지 못한 내 죄가 커
비에 젖어 우는 꽃만 바라봅니다

벗겨진 꽃 몸뚱이 가리지 못한 채
수줍게 피어버린
님 만나지 못해 슬프게 피어 있는 사랑의 꽃송이는
천상에서 다시 피는 날 잎새 속에 피어나는
고운 꽃이 될 테요.

낙조

물드는 고운 빛깔로 온통 젖어 들 때
뜨거움에 숨 쉬지 못한 채로
침몰하고 싶소

서쪽 하늘을 빨갛게 지배해버린
당신의 바다를 건너지 못하고
기우는 돛단배는 고개를 숙이고

하루를 헛산 나의 사랑이
바닷물 속에 잠기며
더 이상 사랑을 참지 못해
빨간 눈동자로 어둠의 이불을 덮습니다

별밤의 너그러운 사랑이 그리워
밤을 찾는 것이 아니라
털털한 달그림자로 담장 너머를 훔쳐보는
짓궂음을 보이려 함도 아닌데

내 사랑이 징징 울며 당신의
깊은 천 길의 바다에 빠지면
언제 또 오를까 하더이다

심장이 화살에 맞아 피를 뿜어내는 핏빛의 바다도
뻘밭을 헤매고 다니던 농게의 분주함의 소리도
서서히 물에 빠져 식어버릴 때
내려오는 검은 장막 속으로 모두는 가려지며
세상 속 하루의 연극은 끝이 납니다.

욕망의 파도

언제까지 널 찾아갈까
끝없이 철썩이며 찾아가도
그 자리에 너 없어 주저앉는다

화난 모습으로도
잔잔한 모습으로도
난 너를 한없이 찾아간다

뱃머리에 부딪혀 울고
갯바위에 튕겨져 뒹굴다가
모래밭 위에서 힘없이 주저앉는다

어떻게 해야 너를 볼까
어떻게 해야 너를 만날 수 있을까
달빛 따라 찾아가면 만나질까
달빛도 잠드는 밤에 별빛 따라가면 너를 만날까
어둠의 구석에 외롭게 떠 있는 샛별을 바라보다가
나의 측은함의 어깨를 본다

아직도 지침 없이 너를 사랑하기에
나는 끈질기게 바닷가 모래밭에 철썩거리지만
너를 찾지 못한 자책에
나를 매질하는 소리는
오늘 밤도 철썩철썩
한없이 소리 내어 울고만 있다.

복숭아를 사랑한 남자

누군가는 너를 여인의 가슴 같다고
말하더라
아니다 혹자는 너를 엉덩이
같다고 말하더라

너의 도드라진 살결을 보며 말하는지
너의 움푹 팬 골을 보며 말하는지
그대들의 상상은 아름다운 곡선이 아니던가

부드러운 선을 감싼 뽀얀 털은
건들지 마소
그 녀석 건드리면 참으로 껄끄럽다네

손대면 소리 지를 것 같은 파란 가을빛을 담고
투명해져 가는 백도 한 알이
그토록 나를 설레게 하던 날은
나의 첫사랑 그녀의 몸을 몰래 훔쳐본 것처럼
두근댔다

한입 베어 물면 말랑하고 달콤함 가득한
부드러움에 눈 살짝 감아보다가
눈웃음 담긴 고개 살짝 내저어 본다
복숭아 넌 참 부드럽다
복숭아 넌 참 달콤하다

나의 첫사랑 그녀처럼
풋풋하기도 하고 생뚱맞게
껄끄러운 털을 품고 사는
복숭아 너를 사랑한다.

불면증

잠 안 오고
멀뚱거리는 밤아

어느 여인이 내 가슴에
두 방망이질 해서
잠들지 못하고 멀뚱거리고 있는가

세상 속 고민을 누워서 되새김질하는
쓰잘머리 없는 걱정의 산을 쌓고 있는
내 머릿속 정신세계는
고민의 문제들을 풀지 못한 채로
장학 퀴즈처럼 긴장의 끈만을 당겨 쥐고서
귀 쫑긋 세우고 풀벌레 소리를 듣는다

평온의 뜰에서 풀을 뜯는
양 떼의 숫자를 세는 목자의 손가락처럼
어둠 속 감고 있는 내 눈의
깜빡이는 숫자를 세는 건
마지막 비책처럼 따라 하고

샛별의 하품 소리는 창가를 흘러가는데
아무리 까만 어둠의 이불을 덮어써도
열려버리는 내 눈 속 작은 창문의 삐그덕 소리는
잠들려던 나를 흔들어 깨운다

잠들고 싶어 하는 불면의 밤은
말똥말똥 밝아지고
망치라도 맞은 듯이 몽롱해져 오는
나의 머릿속은
아직도 잠들지 못한 나를 지치게 한다.

문풍지

한겨울 잠자리에 슬피 울던 너의 울음소리
찬바람에 그리도 슬픈 눈물 흘리며
울고선 문밖의 외로운 소리

솜이불 속 수많은 다리가
따뜻한 곳 찾느라 얼기설기 얽혔구나

굴뚝 연기 하얗도록 불 피우고
눈알 빨갛도록 지켰어도
엄동설한 추위는 솜이불도 뚫었어라

너 춥다고 우는 소리 밤새도록 듣고
너 떠는소리 밤새도록 들었어도
홑창에 창호지 한 장 붙인 문풍지가
추워 우는 그 울음을 내가 어찌
달래겠냐.

달그림자

네가 비추는
내 긴 그림자를 보며
너는 멀리 있을 거라고 생각했다

나의 짧아진 그림자를
보면서 너의 사랑은
너무나 작다고 트집을 잡는다

내 생각은 이미 너에게
섭섭한지 내 맘대로 잣대를 들이대며
자질하고

아직도 널 사랑하는 내가
너의 어둑한 달빛이 못내 서운해서
구름 속 어둠을 꺼내 덮고 눕는다

달빛은 말 못 하고 밤을 걷는다
고요한 적막이 잠이 깰라 살금살금
긴 그림자 남기며 서산을 넘는다.

포장지 (세태 풍자)

먹을 건 보잘것없고 비닐만 남아
속상하네
김 봉지 찢어 김 몇 장 먹으니 다 어디로 가고
김은 없고 포장지만 덩그렇다

과자봉지 찢어 과자 몇 알 입에 넣었더니
빈 봉지만 뒤적뒤적
내가 뭘 산 걸까?

비닐봉지 사다 쌓으려고 힘들게 돈 버는구나
화가 나서 버려버린 듯이 길바닥에
빈 봉지는 날아가고

알맹이는 간데없이 껍데기만 남는
실속 없는 세상을 살아가는
도둑맞은 세상이여.

나 너에게 꽃피고 싶다

코스모스처럼 짙은 색채로
나를 너한테서 꽃피울 수 있다면
나 너에게 꽃피고 싶다

부드러운 바람의 흔들림이
너를 흔들며 꽃송이들을 잠 깨워
향기롭게 한다면
나 너에게 꽃피고 싶다

스산한 가을이 쌀쌀해서 널 부둥켜안고
너의 체온을 뺏어버리고 싶다
나 너를 꽃피워 사랑하고 싶다

사랑하는 내 마음도 모르는 너를
사랑해 버리는 몰염치함도
용서하라 말하지 않는다

겨울의 눈 덮인 죽음은
우리의 사랑을 알지 못하기에
이 가을이 가기 전에
나 너에게 꽃피고 싶다

차갑게 늙어버린 가지에 봄이 온들 무엇을 하겠는가
내게는 찬 바람 부는 늦가을이라도
나는 너에게 꽃피어 나고 싶다

서리 맞은 구절초 꽃잎처럼
머리 풀고 늘어져도
내 사랑은 너에게 꽃피고 싶어 한다.

가을

누가 가을 아니라고
할까 봐서
쌀쌀하게 구는구나

가을아
쌀쌀함보다도
쓸쓸함이
이 밤을 타고 넘는다.

홍시

하늘에 매달린 빨간 홍시가
가을 끝자락만큼 나무에서 대롱거리고
물러질 대로 물러진 말캉한 너의 살은
만질 수도 없을 만큼의 빛깔과
부드러움으로 유혹한다

내 심장만큼
너는 붉어져 있었다

달콤한 너와의 밀애를 부러워하는
저 하늘의 태양이 비추는 가을볕에
빨간 홍시는
점점 가림을 엹게 하여
속살이 보일 만큼 투명해진다

감잎들은 바람 한 점이 무서워
단풍의 고운 색을 무거워하며
가지에 매달려 떨고 있다

너희들마저 떨어지면 겨울이 문 앞인데
옷마저 벗어버린 빨간 홍시는
맨살을 가리지 못한 채
수줍은 얼굴 빨개만 간다.

풀꽃

친구야
풀꽃이 천지더라
들판에 풀포기 사이마다
피우던 꽃들 어찌할까?

친구야
감나무에 땡감이 노랗게 물들어 익고
빨간 홍시마다 새들이 먹어댄다

우리 살던 산천에 풀포기는
그대론데 너는 신발 신고
어딜 가려고 나서느냐

도랑 물소리 쫄쫄 흘러가고
그 속에 미꾸라지 커다랗게 자랐더라

너 아프다고 말할 적에 한 번 더
와 볼 것을 이제야 왔더니
가을 할 일이 천지구나

친구야
날씨 추워지기 전에 가을일 좀 하다가 가자
너랑 나랑 품앗이 해가면서
감도 따고 들판의 곡식도 거둬들이고
미꾸라지 굵은 놈 잡아다가
추어탕도 끓여 먹자

너 혼자 신발 신고 어디를 가려느냐

풀밭에 저 꽃들
시집 장가 다 보낸 뒤에
가을일 끝마치고
고단한 몸 풀고 나서
천천히 쉬다 나 가자.

첫눈

소리 없이
그대 오시나요

살포시
그대 오시나요

소복소복
그대 오시니

내 맘 반겨
마중 갑니다

어둠도 마다않고
그대 오시니

눈뜬 아침은
하얀 백색의
세상입니다.

내 얼굴

가을 감처럼 탱탱했던
얼굴이 어느새
겨울 곶감이 되어 간다

커다란 주름이 파여
말랑거리고
머리엔 벌써 흰 곶감 분
피듯이 하얗게 눈 쌓였구나

속마음이야 곶감처럼 달콤하여도
더 세월 가고 나이 들면
물기 마른 단단한 곶감이 되어
고집스러운 노인이 될까 싶다

밭고랑만큼 큰 주름살
생겼어도
얼굴에 온화한 웃음만 짓는
곶감 같은 얼굴로

말랑거려도 달콤하게
살아가는 여유와 사랑을 담아서
주렁주렁 햇볕에 내 얼굴 걸어 놓는다.

베트남에서

알지도 못하는 곳에서 커피를 마시고
길거리를 걷고 택시를 타고
그저 어제와 하나도 다를 것 없는 세상 속에
서 있다

내가 살던 곳이 아니어서 불편하고
내가 먹던 것이 아니어서 뱃속이 더부룩하다
아내와 아들 딸과 함께 베트남 거리를 걷는다

한국관, 킹콩 마트, 이름도 한국스러운 베트남의
거리에서 커피를 마신다
나무마다 꽃이 피어 있고
매달린 야자열매는 높은 곳에서 열매를
자랑한다

햇볕이 뜨겁다고 투덜대는 아내의 손을 잡고
걷는 베트남의 날씨가 뜨겁다
목마른 더위를 카페에서 아이스 아메리카노 맛으로
달래며 베트남을 창밖으로 바라본다

베트남의 따스한 겨울 여행은
반팔을 입은 우리 가족의
여름날처럼 느릿느릿하게 시간을 멈춰 두고
싶어 했다.

청개구리 편지

편지를 써요
그냥 말도 안 되는 편지를 써요
외로움의 시간이 나를 삼키면 당신을
사랑하는 글을 적어요

말 안 되는 거 알아요
맘 안 드는 거 알고 있어요
하지만 이러지도 못하면 난 미칠 거예요

반대되는 말들만 적어진 종이
당신 눈앞에 보이길 바래요
심술로만 쓰는 편지 멈추질 않아요
청개구리 마음이 반대로만 적네요

편지를 써요
말 안 되는 말들을 적어요
당신이 시큰둥해 대답하지 않을 말
맘에 안 들 그런 말만 적어놓아요

고집은 나를 이기고
당신을 이기고 싶어 해요
나도 나를 이해 못 할 마음이 가득 찼어요

삐딱한 말들로 가득 차게
눈앞에 보이게 편지를 써요
심술로 덮어진 편지를 써요
반대되는 말들만 적어놓아요
오늘은 내 맘이 청개구리가 돼요.

우리 어릴 적엔

우리 때는 놀 게 많았어
자갈돌 주워 손안에 쥐고 놀던 공기놀이
모래주머니에 담아 꿰맨 오재미 던지기 놀이
까만 고무줄을 머리 위에 걸고
재주 부리던 고무줄놀이

우리 때는 놀 게 많았지
큰 자로 쪼그만 자 구멍에 넣어 쳐서 날리던
자치기
넓적한 돌멩이를 던져 넘어뜨리던 비석 치기
빳빳한 책갈피를 접어 뒤집기 해서 따먹던 딱지치기
동그랗게 깎은 팽이를 쳐서 돌려
싸움하던 팽이치기

날마다 온몸으로 진심의 놀이만 했다
컴퓨터가 없어서, 핸드폰이 없어서
방구석에 박혀 있을 여유조차 없이
숙제할 여유도 없이 바삐 뛰놀던 시간
넘어져 이마에 혹이 생겨도 울고 있을
여유조차 없던 숨 가쁜 숨바꼭질

우리는 항상 진심이었다
방 안에서 숨어 있지 않고 밖에서
고함치며 동네를 시끄럽게 하던 우리의
놀이터 골목길엔 이젠 적막한 고요함이
숨도 못 쉴 만큼 조용하게 자리한다

날 찾아온 술래의 발소리를 들으려
바람에 뒤집히는 낙엽 소리마저
부담스럽게 신경 쓰인다
한 발짝 두 발짝 가까워지는
발소리에 내 친구가 날 꽉 잡아줄 것만
같은 고향 땅 골목길의
바람 소리가 날 가슴 눌러온다.

쿠키 그리고 갈등

너의 쿠키는 접시에
예쁘게 앉아 있었지
생김새는 감자
스폰지밥, 징징이
이름도 웃긴 쿠키였어

너희는 정성스럽게
만들어져 있었어
진짜처럼, 감자처럼
스폰지밥처럼, 징징이처럼

예쁜 접시에
납작이 엎드려 있었다
누굴 먼저 먹을까?
아까워서 입에 넣지도
못할 나의 쿠키들
너의 손으로, 정성으로
사랑으로 만든 쿠키가
달콤하게 나를 쳐다본다

눈이 마주치면
먹을 수 없는데
눈이 마주치면 널 먹을 수 없는데
난 잔인하게 너를 향해
손을 뻗는다.

카카오톡

카톡 카톡
새도 아닌 것이
날개도 없는 네모난 것이
울어댄다

뻐꾹도 아닌 울음, 카톡이라 울어대고
가끔은 몸서리쳐 부르르 떨고
누구를 부르는지

밤 깊은 날 여자 친구 집 앞에서
애타게 울음 울던 뻐꾹새가 운다

아버지 몰래 나오라는
그 밤 뻐꾹새가 울음을 울면
좋아라 웃음 웃던 뻐꾹새 한 마리

카톡 카톡 열심히 우는 새가
젊음을 부르고
카톡 카톡 목이 메는 네모난 새는
연인을 부른다

사립문 앞에서 누나를 불러대던 애처롭던
뻐꾹새 소리
우리 아이 방문에서 울려오는
카톡 카톡 우는 소리
청춘의 소리들은 밤새는 줄 모른다.

사랑해요 목련화

하얀 목련화 필 때면
내 사랑도 피겠죠
목련화 밤빛에 빛날 때면
어둠까지 하얗게 물듭니다

난 바라보며 서 있는데
당신이 떨어지네요
하얀 목련화를 바라만 보는
내 하나의 사랑입니다

어둠 속 비 오는데 목련화는
한 잎이 지고
투둑거릴 때마다 아픔의 소리로
밤을 새는 그 밤비가 그치질 않아요
봄이 울고 있네요

목련화, 당신이 웃음 짓는
아침입니다
하얗게 웃는 순백의 손짓으로
불러주는 세상의 평화는 봄이랍니다

속까지 새하얀 당신은 봄처럼 포근한데
꽃잎 떨어진 그늘 아래에서
검듯이 마르는 당신의 마음을 보았습니다

사랑의 마음은 까만가 봅니다.

제목 : 사랑해요 목련화
시낭송 : 최명자
스마트폰으로 QR 코드를 스캔하면
시낭송을 감상할 수 있습니다

진달래

우리의 비밀처럼 옅은 색을 하고
우리 사랑 깊이만큼 옅은 색으로
아무도 모를 만큼 사랑을 한다

연분홍빛으로 입술을 그리고
연분홍빛 치마를 입고
그대는 바람에 너풀너풀 춤추며 올 때

내 사랑 진달래
꽃 피었구나

입 맞추면 연분홍빛 물이 들겠소
껴안으면 연분홍빛 물들겠지요
살랑대는 얇은 꽃잎 가냘파 보여
우작스런 내 손을 못 내밀겠네

내 사랑 진달래 꽃이 피었다
가냘픈 꽃 웃음이
시리게 아름답던 날
설레는 가슴은 연분홍빛으로
꽃 피어 있네

내 사랑 진달래
꽃이 피었다네.

2. 망치로 그려놓는 나의 흔적들

망치쟁이

망치 잡고 일해서
애기들 분유 사 먹였고
망치로 못 박아서
먹고살았네

망치 잡아 생긴 굳은살은
우리들의 계급장이었고
무거운 자재 둘러매면서
체력 단련하며 살아왔다네

땅땅거린 망치 소리는
우리 귀엔 음악 소리로 들리고

아들딸 두 녀석을
대학 졸업시킨 지금에는
소중한 그 망치가 녹이 슬까
염려된다네

아직도 내 몸뚱아리 한창이라
생각하며 뚝딱거리니
힘이 펄펄 청춘이구나.

내 손톱에 달뜨거든

내 손톱에 까맣게
보름달이 뜨면 엉엉 소리 내 울고
빗맞아서
반달이 뜨면 눈물만 찔끔하고
스쳐 가며
초승달 뜨거든 인상 조금 찌푸리소

까만 달 뜨거들랑
겨드랑이에 끼워 넣어 한참을 눈물짓고
아픈 걸 왜 때렸니?
쓸개까지 아프구나

망치 맞은 손톱이 만드는
아득한 밤 구경을 한다
캄캄함과 번쩍하는 번개

까맣게 그려진 손톱의 보름달을
아프게 쓰라리게 감싸 쥐고
망치를 원망하는 내 아픈 가슴아!
아픔을 삼켜버린 미안한 내 손톱아!

굳은살

처음부터 딱딱하진 않았는데
세월 흘러가며 세차게 굽이쳐
부딪쳐대니 그 자리 생겨난
생채기 자국은
조용히 두꺼운 갑옷을 입었다

딱딱하게 굳어버린
나의 세월이여
이젠 촉촉함마저 사라져 갈 즈음에
나는 굳은살 한 조각을 짠하게 더듬어 본다.

마이클 잭슨 (검게 그을린 노동자)

햇볕은 나를
마이클 잭슨을 만든다
남보다 까맣게 그을린
우리는 하얀 가죽을
욕심부린다

하얗게 보이는 건 고급이고
까만 건 싸구려다

전철에 앉았을 때 옆자리에
예쁜 아가씨가 앉더니만
내 얼굴 쳐다보고 저만치
다른 자리로 옮겨가 버린다

하얀 건 고급이고
까만 건 싸구려다

현장에서 까맣게 탄
마이클 잭슨은
하얀 가죽을 탐낸다

땀이 나도 얼굴을 칭칭 감고
아라비안나이트가 된 우리 모습은
평범하게 살고 싶은 우리의 하얀 마음이요
차별을 벗어나고 싶은
노동자의 하얀 해방의 몸부림이다.

비요일

비 님이 내리신다
투둑투둑
집에서 쉬라 하신다

노가다 일꾼들
편하게 쉬라 하신다

비 내리는 비요일엔
고장 난 몸뚱이들
고치라 하신다.

망치

웃음 나도 때려 박고
성질나도 때려 박고
눈물 철철 흘러서
보지 못해도 때려 박았다

내 팔자이기에 땅땅거리며
살았었는데
내 꼬락서니가 저 발아래
사는 잡놈의 꼬락서니 된 줄로
알고 살았었는데

일 못 가고 서성이던 날
아들 녀석 입에서
"아빠는 현장에서 모습이 제일 멋있어"
알바 며칠 할 적에 봤던 아빠가
멋있었단다

입가에 웃음이 생겨난다
정말일까?
듣기 좋으라고 한 말?
그냥 해본 말인들 어떠하리
내가 잡고 두들기는 망치는
아직도 녹슬지 못한다

내가 드러눕는 그날까지는 항상
땅땅거리며 소리 내줄 것이고
내 가족을 지켜오게 해준
망치 너를 한없이 사랑할 것이다.

실업자

바지 주머니에 손 쑥 집어넣고
땅만 보며 공원길을 걷는다

갈 곳도 없고 해야 할 것도 없어서
자빠져 뒹굴뒹굴하는 백수의 모습이 싫어서
그냥 걷는다

다리가 아파하라고 일부러 걷고 걷는다
고생스러움이 맘 편해서
정처 없이 걷는다

내일은 누군가가 날 불러주면 좋겠다
내일은 어딘가로 가서
죽어라 일했으면 좋겠다.

쇠고삐(안전벨트)

내가 소였더냐 왜 날 묶어두려 하느냐
내가 너희 집 값비싼 소 한 마리라서
너무도 소중해서
그리한다면 너무 좋겠다

방목해도 될 터인데 그리는 못 하겠지?
이리저리 옮겨 다니려면
나무 사이도 지나고 냇가도 건널 건데
고삐가 걸리면 나 죽는 건 생각도 못 해봤었지?

땀 뻘뻘 흘리는 것도 고달픈데 묶어둔다면
무슨 일을 하겠느냐
너희야 네 몸뚱이 아니라서 그리도
쉽게 말하지만 네 말 몇 마디에 하루 종일 이리저리
피해서 다녀야 하고 무거워서 땀 흘리고
고삐 줄 한발에서 녹아나는 육신의 흔적들이 땀방울을
흘려서 선혈이 낭자하다

주인네야
그대가 풀밭에 울타리를 만들어두고
먹여주면 예쁜 소 되어서 살도 찌우고
논밭 갈아엎을 텐데 멍에만 채우고
그거도 모자라서
고삐 줄 움켜쥐어 엉덩이를
세차게 때리며 "달려"라고 해대면 달리는 건
고사하고 나 살길 찾기 바쁘단다

말 잘 듣고 살쪄오는 예쁜 황소 될 터이니
채찍질만 하지 말고
멍에가 누른 자리 한 번쯤은 만져주고
고삐 줄 길게 해서 멀리 있는 저 맛있는 풀들도
먹게 해 주소.

소복이 눈 쌓인 날에

눈이 내려 쌓이면
세상 사람들은 쌓인 눈만큼을
행복해하지

눈 쌓인 공사 현장은 눈이 쌓이는 날이면
눈 쌓인 높이만큼 배고픔이 쌓인다

출근해서 일 못하고 돌아오는 길엔
질퍽거리는 거리를 쳐다보며
아스팔트 위에서 녹아내리는 눈처럼
새까맣게 마음속이 타들어 간다

소복하게 쌓인 눈이
쌀독의 쌀이라도 되어 준다면
세상살이 짊어진 짐들이 눈 녹듯이
녹아내려 무게가 가벼워진다면
얼마나 좋을까?

눈 녹아 없어지면 손가락 호호 불어가며
벌겋게 볼살 얼어서 일해도
마음 따스해서 춥지 않을 텐데

눈 쌓여 세상이 멈춰버린 공사 현장 대문 앞에는
되돌아가는 노동자의
힘없는 발자국만 가득히 찍혀 있구나.

형 내일은 그만두세

새벽부터 일 나가서 얼마나 주워 날랐는지
얼마나 들어 올렸는지
쉴 틈은 한 곳 없이 퍼덕거렸다

땀에 절어 처진 몸뗑이에
날갯죽지마저 쭈욱 늘어뜨리고
너무도 고달파서 오늘은 그만두지
못했으니
형 내일은 그만두세

내일아 새벽을 데려오지 마라
시간아 밤 속에만 있어 다오
새끼들 얼굴 보면
다음 날 새벽도 눈은 뚝 떠지고
정신이 번쩍 든다
오늘도 하루 종일 파김치 되어서

형 내일은 그만두세

죽을 것 같아서 도망가고 싶은데도
도망갈 수 없어서 하루 또 하루는
가고 또 간다

오막살이 단칸셋방
집에 가면 사르르 잠이 들고 새벽은
다시 또 찾아오고 일요일도 일하는
지옥 같은 막노동을
벗어나지 못한다.

노가다

처음부터 하려던 건 아니었는데
걷다 보니 샛길로 들어섰나 봐
후회하지 않았겠는가
깔보고 내려보고 비웃고
할 말 없음 노가다라고 말하지 않았던가

산천에 꽃 피고 지기를 십수 년을 반복했나 보네
쌀 사고 분유 사고 허겁지겁 살았더니
덕분에 집도 하나 사버렸다네
사는 건 넉넉한데 마음도 넉넉한데
내 이름은 한없이 초라하네

노가다
자네가 부를 때면 나를 또 한 번 내려보고
비웃지 않던가
속살을 뽀얗게 닦았는데
옷에 묻은 먼지를 자넨 내 몸뚱이로 보고
내 삶을 말해버렸군

자네의 고급스러운 지식 속엔
노가다= 싸구려가 성립되던가
오래도록 그렇게 사시게나
내 알 바 뭐 있겠나
난 벌써 바뀌고 바뀌었네
반듯한 길에서 직진만 하려 하네

혹시 생각은 해봤었나?
내가 자네 집 지어준 건 알고서 사시게나.

목수의 법칙

삼인치는 세 번을 때려 박고
투인치는 두 번을 때려 박고

반생이 모가지는 살살 달래서
산승각에서 기름 나올 만큼 비틀어서
끊어지지 않게 단단히 조여라

반장이 말하면 쥐 죽은 듯 따르고
소장이 말하면 하나님 말씀처럼
여겨라

불만이 있거든 집에 가서 구시렁거리고
모두를 예라고 답하거라

세상은 절대로 공평함은 없으니
설움 받지 않으려면 꼭 성공하여라.

* 삼인치 : 3인치 쇠못
* 투인치 : 2인치 쇠못
* 반생 : 건축용 굵은 철선
* 산승각 : 건축용 굵은 각재

먼지벌레

우린 무얼 먹고 사는가?
톱밥 먹고 시멘트 먹고
쇳가루 먹고 기름 먹고
또 먼지를 먹는다

내가 먹을 때마다 주변은 깨끗해진다
입안이 텁텁할 땐 침 뱉으면 맑아졌고
눈앞이 뽀얗게 흐려질 때면
와이퍼처럼 손목으로 눈을 비볐다

우리는 먼지벌레이다
먼지를 맛있게 먹어주면
회사가 좋아하고
나라가 좋아하고
지구가 좋아하니 우리도 기쁘구나

우리는 먼지를 좋아하는 벌레다
우리가 모두 먼지충 되어서
기어다니며 공사장 곳곳의
먼지를 다 먹어버릴 테니

돈 들이지 말고 편하게 공사하고
관리하지 않아도
나라는 잘될 거야
지구환경은 나날이 깨끗해질 거야

행복한 지구에서 먼지벌레 되어 살아가자
청소하지 않은 세상을 우리더러 배불리 먹으라 하니
섭섭함은 마음 창고 꼭대기까지 쌓였다

우리는 배고픈데
사장님의 뱃떼지는 산처럼 높아져 갈까?
우린 배고프니 먼지로 배 채우고
사장님은 골프해서 뱃살 빼며 사시는
이상한 나라
이상한 회사
이상한 시스템이 우리를 죽여간다

현장의 먼지를 오늘도
우리는 몸속에 가득 담고 퇴근한다.

동그라미 (출근부)

아내가 좋아하는 동그라미는
가족을 웃음 짓게 했다
날짜마다 동그라미가 그려지고
일요일도 출근하면 동그라미를 그렸지만
비가 오는 날엔 가위표를 그린다

우리 집에선 내가 새벽에 일하러 가면
달력에다 예쁜 동그라미를 하나 그려 넣는다
출근부 출근 날짜 표시하느라 날짜 위에다
동그랗게 동그라미를 그린다

우리는 천수답이다
날 맑으면 일하고 날 궂으면 쉬는 날이라
하늘이 시키는 대로 살아갈 뿐이다
우린 하늘을 알지 못하고
우리는 하늘을 거역하지 않으며
하늘이 주는 만큼만 겸손하게 살아간다

벽에 걸린 달력에 동그라미가 빽빽이 보이면
아이들 학원 한 과목을 더 생각해 보고
다음 달 드릴 부모님 용돈 생각에
따듯한 심장의 온도를 느끼며
아비의 자리 아들의 자리를 다시 뒤돌아본다

날마다 바라보는 쓸쓸한 새벽
별빛을 쳐다보며 새벽길을
가는 달님에게 세상은
왜 공평하지 못하는지 묻고 싶은데
달님의 기울임이 힘겨워 보인다
세상은 참 만만한 게 없나 보다

아내가 오늘도 달력에 보름달처럼 동그란
동그라미 하나를 더 그려두고서
가지런히 행복을 웃음 짓는다.

굿판 (거푸집 해체)

너의 그곳은 옹기를 굽던 가마처럼 뜨거웠다
어둑함 속으로 들어서면 정글처럼 쭉쭉 뻗어진
쇠 지지대가 천장을 받치고 섰고
백열전구를 듬성듬성 매달고 있다

우리는 비장한 각오로 각자의 총이라도
되는 양 빠루를 들고 서서
전쟁터에서 살아남겠다는 듯이 비장한 각오로
무서움의 침묵을 건너
각자의 위치에서 너의 껍질을 벗겨 내려고 한다

망치의 두드림은 신들린 듯 움직이며
마치 굿판의 꽹과리 소리처럼
귓속을 파고들고 큰 징을 울리듯이 입 벌리고
바닥으로 내팽개쳐지는 자재들의 파열음은
고막을 가른다

여기저기서 살기마저 도는 광기 어린 눈빛으로
우린 거대한 건물인 너의 껍데기를 벗겨내야 한다

굿판에 오른 무당의 신들린 춤사위처럼
빠루를 들고 작두 위에서 아슬아슬한
곡예를 한다
꽝꽝꽝꽝 징 소리의 울림이 커질수록 미친 듯이
모두는 작두날 위를 날뛰어 굿판을 휘젓는다

사정없이 날카로운 빠루의 날 끝으로 거푸집의
옆구리를 찌르고
나오지 않으려 발버둥 치는 그놈을
끌어내 바닥에 내팽개쳤다

콘크리트가 입고 있는 껍데기를 한 장 한 장
벗겨낸다
뽀송한 살이 보이게 딱딱한 너의 껍질을
벗겨내며 우린 희열을 느낀다

땀으로 온통 젖어 하늘이 노랗게 보일 무렵에야
작두 위를 내려오는 무당의 굿판은 끝났다
지친 듯이 무겁던 표정도 잠시뿐인 채로 우리는
오늘의 안전함에 감사드리며 퇴근을 재촉한다.

너 참 독하다

속이 썩으면 눈 한 번을 감고
속이 문드러지면 "씨발" 한 모금
뱉어내고

끙끙 앓다가 삭혀두면
그날은 꼭 뒤풀이 한번 하더라

까맣게 멍든 손톱 장갑 속에서 꺼내
보지도 않았다
자존심도 무너지는 경력 수십 년이
화가 나서 투덜거린다

눈 없는 망치는 내가 휘두르는 곳으로만
갔을 뿐이고
때리고 얻어맞고 나 혼자 다 했으니
그 누구를 탓하겠어?

까만 손톱 훈장처럼
보는 사람마다 안부를 물으니
아픈 건 저 멀리 가고 낯짝이 부끄럽다

우리 손톱 뽑아다가
쓸모라도 있었을까~?
우리 손톱 뽑아다가
손톱 무덤 만들었나?

까맣게 멍이 들면 새까만 눈물 삼키면서
까맣게 아려와도
까마득하게 많은 저 일들을
까맣게 눈먼 장님 손톱으로 끝마쳐야 했기에
어금니 꽉 깨물었다.

천근의 추

찌르륵 찌르륵
손 올려 괘종을 끄고
미칠 것 같아도 일어나야 할 시간

열리지 않는 눈꺼풀 간신히 열고서
치카치카 이를 닦고 물 발라 세수하고
몽롱함을 벗겨낸다

잠 좀 덜잔다고 죽진 않을 테니
낼모레 비 오는 날에 죽은 듯이
잠만 자자고 다짐한다

작업복 가방 메고 새벽길
나설 때 달님과 골목길 모퉁이에서
눈인사 대충 나누고 어둠을 걷는다

모두 잠든 새벽을 눈 비벼 나가며
잠들어 있을 수많은 사람들 사이에
나 하나를 슬쩍 끼워 넣을 수 있다면
좋겠다
나도 모두 잠든 새벽 속에서
잠들어 있고 싶다

어둑하게 달빛을 덮고
달빛이 눈 밝히면 이불 끌어당겨 어둠을 만들어
캄캄한 새벽 따스한 이불 덮고 누워
고기보다 맛있을 꿀잠을
자고 싶다.

공사장 담장 아래 민들레

높은 담장 아래 노란 민들레
어쩌다 이곳으로 왔니?
여기는 뚝딱이는 소리 시끄러운데
어쩌다 이곳으로 왔니?
여기는 뿌연 먼지 숨쉬기도 어려운데
뭐 하려고 왔니?

험한 곳에 꽃 피웠어도 너를 보며
웃음 짓고 행복해하는 사람 산단다
공사장에도 꽃 피면 아름다운데
사람들은 일만 한다
공사장에도 꽃 피면 쳐다볼 텐데 사람들은
일만 한다

모두가 딱딱한데 너 하나가 부드럽다
꽃 피운 너를 보고 살아있는 나를 봤다
민들레 너 한 송이 날아와 꽃 피우니
공사장 양지에도 꽃 피는 봄이 왔다.

소금꽃

하얗게 옷을 뚫고 피어오른다
멜빵에도 피었고
안전모 턱끈에도 피어 있고
내 몸 위로 쌓인 먼지를 지우며 하얗게
꽃 그림을 그려 놓았다

내 엄마가 이 꽃 보면 아파할 텐데
아내가 이 꽃 보면 서러워할 텐데
아이들이 꽃을 보면 눈물 흘릴 텐데

날마다 내 등에는 소금꽃 꽃밭이 된다
내 몸의 진을 뽑아 소금꽃이 가득 피면은
내 얼굴은 어이없이 너털웃음 웃어버린다

고단한 꽃 소금꽃이 지겹다마는 이 꽃도
한철 피면 사라지겠지

내 엄마가 아파한 하얀 소금꽃과
내 아내가 서글퍼한 끈적한 꽃가루들
내 아이들 눈시울 붉게 만든 하얀 눈물 꽃은
천근의 무게만큼 무거운 꽃짐이다

너무 많이 피운 날은 허탈하게
웃음 한 바가지를 웃어버리고
흘린 땀보다 많은 물을 바가지째 마신다

너 피고 지면 또 피고 졌어도
이 세상에 꽃핀 길을 걸어가고 싶어 한다
소금꽃 꺾어낸 자리에
노란 수선화를 심고 소금꽃 뽑아낸 자리에
코스모스씨를 뿌려서
내가 걷는 길에 그 꽃들 피게 하련다

맘이 아파 하얀 꽃 안 심을란다
얼마나 지치길래 잠도 안 오고
밤 개구리울음에 목구멍에 담긴 뜨거움
한 모금 꿀꺽 삼켰다

축축하게 젖어버린 등짝에 서글프게
그려지는 하얀 소금꽃
소금밭을 기어간 듯 하얗게
한 겹 두 겹 그려만 진다.

망치질

뾰족한 너의 맘 달랠 줄도 몰라서
뒤통수 때려서 널 쓸모 있는 곳에다
박았다

살살 달랠 줄 알았으면
안 때려도 되는 걸
땅땅거려서 겁먹은 널 한번 두번
때리다가
구부리는 널 세워서 또 때렸더니
넌 납작한 머리만 남겨두고 나무속에
쏙 숨어버렸다.

노동자 엘레지

눈만 뜨면 일터로 가자
그곳에서 내가 꾸는 꿈을 캐고
내 가족의 삶을 조각하자

힘들 땐 이빨을 앙다물고
비 내리듯 흐르는 땀을 생각 없이
흘려버리자
한 방울에 의미 담으면 너무 많은
책을 써야 하니까

조금은 짓밟혀도 꿈지럭거리지 말고
우리도 지렁이처럼 세상의 야박함을
분해하는 세상의 사랑꾼으로 살자

집 한 채 살 거라는 꿈 접었어도
세상 사람 잠자리는 우리가 아니면
누가 지었겠느냐고 위안을 얻자

노동자가 중요함을 모르는 세상을
소중함을 잊어버린 세상을
모른척하고
골목길 모퉁이 허름한 할매집에서
탁배기 한 사발로 섭섭한 마음 흘려보내자

한 사발의 취기에 아픔도 서러움도
세상의 이기적인 덩어리들도
모두 다 놔버리고
오늘이 젓가락의
자잘한 울림으로 젖어버리면
노동자의 엘레지를 낮은 소리로 중얼거리자.

구로공단 공돌이랑 공순이는

시골집만큼 커다란 기계가 돌아간다
지게 짊어지고 살던 고향
경운기가 큰살림인 고향 내버리고
구로공단 새까만 공돌이 되었다네

세상이 이리 큰 줄 어찌 알았을까
모두는 휘둥그렇고 밤 불빛이 반짝이니
가리봉 오거리를 불빛 따라 걸었는데

공장의 미스김도 예쁜데 길거리
공순이 아가씨는 미치게도 예뻤고
셀 수도 없이 많았다
공돌이 공순이의 천국 구로공단의 밤은
젊은 열기에 뜨겁기만 했었지

반도패션 지하에 있는
음악다방 DJ의 목소리에 뽕 간
우리들이 질러대는 소음 속 음악들 속에서
꿈틀대는 20대의 몸뚱이는 발광했었다

일당 4,000원의 인생은 오늘 밤도
거부할 수 없는 야근을 하고
내일부터 며칠을 철야 작업하자는데
열심히 일하면 이번 달엔 이십만 원은
벌 수 있겠다

공순이 만나서 쓰디쓴 커피를 맛있다고
말하려면 기계 신나게 돌려야지
공순이 손잡아 보려면 내 손 안 잘리게
밤새 졸면 안 되는데 기름 묻은 옷 위로
내 얼굴이 창백해도
기계는 윙윙 쉴 없이 돌아간다
내가 기계를 돌리는지 기계가 나를
돌리는지 알 수 없는 쿵쾅대는 소음 속에
하루의 시계도 정신 못 차린 채로 돌아가고
있었다

미스김 만날 날이 내일이네
내 얼굴의 웃음은 봉우리 열고 조용히
꽃을 피웠고
미친 듯 신나게 돌아가는 기계를 따라서
움직이는 내 맘은
미스김이 내밀어 주는 손을 잡으러
벌써 공장 정문을 나서고 있었다.

날밤까는 밤

가을 감 하나를 먹고 가슴에 걸린 듯이
떫게 느껴지는 땀 흐르는 밤이여
비는 내리는데 그대는 땅굴 속은 왜 들어가시나
눅눅한 습기 덩어리를 몸에 감고
계단을 오르락내리락
난 오늘 밤도 잠들지 않고 날밤을 깐다

선택할 여지도 없이 내 주머니를
털어내는 값비싼 삶의 대가를 지불하고 나면
날마다 거지로 변하는 우리의 마음은
빈 달걀 껍데기를 밟아버린 듯이 빠스락
소리에 가슴을 쪼그린다

안전 교육을 받고 병원에서 아직도 쓸만하다는
건강 검진 결과를 받고서야
늘그막의 나이 든 병아리가 되어 현장에서의
돈벌이를 시작하는 노병들

죽느냐 사느냐가 아니다
그저 오늘을 살아가고 오늘에서 버려지지
않으려 애쓰는 나는 곧 폐기물같이 검은 물 흐르는
이 세상이 싫어하는 노인으로 변해 버릴지 몰라서
아직은 젊은 척 남아 있으려고 발버둥 친다

떫은 가슴으로 밤을 새우며
전철역을 짓고 전철역을 만들고
땅속을 사는 두더지처럼 밤을 기어다니며
도시의 굴을 뚫는다

돈에 환장한 나는 내 몸을 깎아 먹는 지끈거리는
노역을 벗어내지 못한 채로
한없이 꿈틀대는 벌레의 몸짓으로
죽음을 맞기 위한 몸부림처럼 땀 젖은 옷을 입고
밤의 공사판을 오간다

까만 얼굴에서 가끔 하얀 웃음을 던지는 사람들
그들의 웃음 속엔 가족을 담고 산다
소중하고 고귀하고 어느 곳에서도 보호해야 하는
그 가족을 지키려 나를 던져 살아간다
나는 킬리만자로의 표범처럼 날카롭게
눈을 쏘아보며 절벽을 걸어 다닌다
내가 사는 이유인 것이다

언제 마쳐질까?
땀에 절어 살기만 한 나의 삶이 아직도
날밤을 까고 있는 심정은 착잡하다
젊음의 나이라면 물불 안 가리고 던져볼 승부지만
난 이미 패배의 딱지를 등에 달고 살아가야 하는 노구이다

언제쯤 끝날까~?
아직은 일터에서 물러나는 걸 무서워하는
현역이길 원한다
마지막이 눈앞이라도 난 옆에 서 있는 김 형과
나의 친구 황 반장과 굽히지 않고 내 자리에서
물러나지 않은 것을 못내 자랑스러워한다

시원한 빗줄기가 얼굴의 땀을 닦으며 흐른다
새벽 빗줄기를 시원하게 맞으며 현장 문을 나선
우리는 아직은 웃을 여유 정도는 남은 듯이
하얀 이빨 드러낸 채로 손 흔들어 집으로 돌아간다.

비 오는 날 철야 작업

비 내리는 소리는 참 얄궂습니다
누굴 쫓기라도 하는 듯이 몰려왔다 멈추고를
반복하며 나를 물젖게 합니다

도심의 간판은 아직도 불 끄지 못한 채로
비를 맞고 서 있을 때
지하 수십 미터를 계단으로 걸어 내려간 작업장은
어둑한 불빛 속에서 쳐다보는 조명등의 눈부심만
보입니다

잠들지 않고 작업장에서 뚱땅대는 소리를 울려대는
우리는 이 밤이 새야만 잠을 잡니다
빗줄기를 맞으면 나의 욕망도 식어버릴지
이젠 욕망의 불을
꺼버리고 싶은 고단함이 밀려옵니다

간판이 꺼지고 어둠이 지배하면
동트는 새벽이 올 텐데
아직도 쏟아지는 빗줄기는 그칠 줄 모르고
얼굴에 떨어져 잠들지 말라 합니다

어머니 팔 하나 주셔요
어머니 팔 베고 누우면 자장자장 자장가 소리
나지막이 불러주셔요
어머니의 다독이는 손길에서 잠들고 싶은
고단함이 차오르는 밤입니다.

나는 목수다

내가 잘하는 건 못을 박는 거다
남들은 쉽지 않아도 나는 쉽다

내가 잘하는 건 커다란 자재를 둘러메는 거다
누구나 할 수 있는 건 아니지만 나는 쉽다

내가 잘하는 건 높은 곳에서 겁 없이 일하는 거다
남들은 겁을 내도
나는 겁나지 않는다

내가 못 하는 건 영어도 잘 못하고 수학도
잘 못하고 남들 앞에서 말하는 거도 잘 못하고
법에 대해서도 모르고 장사에 대해서도 모르고
이 세상의 물건값도 잘 모른다

하지만 나는 집 짓는 일을 잘한다
나는 목수다
나는 망치다
목수 일을 할 때면 난 행복하다
내가 잘하는 일이니까
남들이 어려워하는 일들을
난 쉽게 할 수 있으니까.

목수 마을 시인

너희들의 생각들을 움직이지 못하게
못 박아 버릴라
너희들의 말들을 바꾸지 못하도록
못 박아 둘라

느낌표로 뾰족한 못을 만들고
물음표는 잘못 박힌 구부러진 못이 되어
박지 못하구나

이마에 송골송골 땀 맺혀서
망치로 박던 일 던져두고
솔밭의 그늘에 솔향 맡으며
땀을 식힌다

느낌표면 어떻고 물음표는 어떠하냐
반듯한들 어떻고
구부린들 어떻더냐?
구부러진 가지면 어떻고
반듯한 가지인들 어떻더냐?
세상의 쓰임새는 다양하더라

세상 길 걸어가면 언덕 오르고
내리막 내려가고
울고 웃는 게 세상살이더라

힘없어서 망치질도 힘겹던 날에
볼펜 하나 들고 내 맘을 여기저기다
끄적여 보는 나도 글쟁이 시인이련다

글 다 쓰고 나서 끝맺을 땐
못 하나 깊게 박아서 마침표 하나 "땅" 찍어둔다

도시의 꽃

질퍽한 웅덩이에 모종을 심는다
기다란 콘크리트 말뚝을 쑥쑥 심어놓고
그 위에다 퇴비 삼아 철근을 배열한다

내일은 콘크리트 부어주면 밭이 되겠네
또다시 철근 넣고 거푸집 설치하고
콘크리트 담아주면 한 층이 쑥 자라고
도심 꽃나무의 한마디가 쑥 자라난다

날마다 재잘재잘 땅·땅·땅 소리에 또 한마디
자라나고 밤 지나니 그새 한 층이 또 올랐구나

어느새 훌쩍 커버린 나무 아래로 새들도 벌 나비도
춤을 추며 드나드네
빌딩이 다 자라서 꽃이 피었구나
화려한 치장하고 분양 마쳤고
각층에 불이 켜지니 꽃처럼 화려하다

우리가 심어 놓은 저 많은 꽃나무가 밤이면
반짝반짝 꽃밭을 수놓으니
밤낮없이 벌 나비는 꿀 따러 드나든다

화단에서 우리가 만든 꽃송이가
피어 있을 때
내 얼굴에 생겨난 깊게 팬 주름살이
나에게 서글픔을 주지만
저 큰 꽃송이를 볼 때면 가슴 깊이 커다란
자부심이 꿈틀댄다

향기도 짙어지라고 내 살점도 떼어서
섞어 만든 저 큰 빌딩 나무 아파트 나무가
언제나 푸르러 있기를 바란다.

공구리 터진 날

뻥 하며 터진
쓰나미가 모두를
삼켜 버릴 때

우리의 작품들은
우리들의 공들임은 어디 가고
내 속을 뒤집는 울화만
치솟는가

줄줄 흘러나오는 공구리죽은
내 자존심까지 깡그리 덮어버린 채로
단단하게 굳어져만 가고
죄인처럼 입 틀어막고 서서
오그라드는 내 인생아

얼굴에 발라진 공구리 자국들과
옷에 튀긴 공구리 죽들이 발라진 작업복을
툴툴 털어내 버리고
속상한 내 마음도 툴툴
털어냈지만

시험을 망쳐버린 수험생의 성적표는
처참하다
우리의 소중한 작품은 졸작이 돼버린 채로
내 자존심의 상처처럼 처참하게
바닥에 널브러져 있다.

못과 망치

틱틱거리는 네가
얄미워서
꾸부정하게 숙였더니
넌 참 날 초라하게 일으켜 세운다

너의 당당하지 못한 망치질이
싫다
틱틱거리며 신경질 부리는
너의 성격이 못마땅하다

나를 달래지 않고
때려대는 그 망치가 아프다
나의 뾰족한 마음, 뾰족한 기분을
달래며
나를 박아 준다면
동글동글 길쭉한 나는 나무속에 깊숙이
숨어들 텐데

독특한 너의 사랑법에
난 매를 맞는다
둥그런 내가 마음 끝에 뾰족함을
담은 건 너와 싸우려는 게 아닌데
뾰족한 맘 달랠 줄도 모르는 사랑바보
망치야

너를 사랑하고 싶어 하는 내 마음의
뾰족함은 날카롭게도
너의 무딘 마음을 뚫는다.

3. 멈춰지지 않는 엄마 생각

성아

성아가 말 안 해도
난 성아 맘 다 알어

성아가 뭘 생각하는지도
눈만 봐도 다 안다고

날 너머 생각해중께
내가 미안하시

나는 성아한테
잘 해주도 못한디 말이시

성아가 옆에 있으믄
항시 오졌었는디

그 오지디 오진일
인자 안오겄제?

엄마의 가을

마음 바쁜 할매 농부의 가을은
뒤뚱거린다
허수아비는 허허로이 서서
참새 몇 마리도 쫓을 줄 몰라 하며
가을 들판에서 모양내기 농부로 서 있다

잠깐의 볕에도 알곡은 살이 찌고 고추가
빨갛게 얼굴 붉힐 때
다 익어서 쩍쩍 소리 내며 갈라지는
참깨 꼬투리가 입을 벌리며 하얀 참깨를 뱉어낸다

갈대는 생머리 적셔진 채로 천천히
바람을 맞고 길 건너의 한적한 풀밭에 핀
코스모스가 꽃단장 질에
뽐내기를 하며 섰네

가을이 그리도 익는 날이면

허수아비랑 친구처럼 가을 들녘에
서 계시는 울 엄마
마주치는 허리뼈를 미워라 말하며
엉덩이 쭉 내민 채 오리걸음 하시는 울 엄마의
가을은 손만 바쁘고 입만 바쁘다

울 엄마의 가을은 코스모스도
예쁜 적이 없고 갈대의 생머리도 부럽지 않다
그저 쏟아져 내린 하얀 참깨가 아깝기만 한
바쁨의 시절이다

햇볕이 까만 줄도 모르고
햇볕하고 같이 사신 울 엄마의 얼굴이 까맣고
울 엄마의 손이 까맣다
가을은 까맣게 까만 햇볕을 내리쬐고 있었고
나를 보며 웃으시는 울 엄마의 웃음만이 하얗다.

안개 속 엄마 생각

밤새 눈뜨니 하얗게 덮고 있다
밤새 추워서인지 논밭도 비닐하우스도
하얗고 푹신한 솜이불을 칭칭 감고 늦잠을
자고 있네
저 멀리서 우는 수탉의 울음소리는
새벽 알람처럼 정해진 간격으로 "꼬끼오"를
외쳐댄다

좀 더 누웠으면 엄마가 부를 텐데
지금쯤 밥하시고 아궁이에 군불 때시며
부엌에서 학교 가라고
잠 깨우시던 어머님의 목소리가 알람 소리처럼
들려올 시간인데

따스한 이불 속에서 단꿈에 빠진 나를
늘~ 짜증 나게 깨우셨던 나의 어머니가
달디단 엿 맛처럼 찐득찐득한 목소리로
막둥이를 불러주셨던 그 어머님이
그립고 그리워서
혹시나 하며 창가를 서성인다

저 안개 더미 타고 내게로 오실랑가?
하얗게 피어오른 저 안개가 걷히면
내 어머니 얼굴도 서서히 보여질랑가?
새벽안개를 바라보며 나는 그리움의
어머니를 기다리고 서 있다.

아내의 코골이 연주

드르렁 드르렁 아내는
연거푸 목과 코로 소리를 낸다
신혼 땐 발로 툭툭 쳐주고 멈추게 했었지만
절대로 없어질 수 없는
나의 큰 복덩이 코인가 보다
코를 비틀어 멈추게도 해봤고 잠 깨워서
하지 말라 애원도 해봤지만
내가 바뀌는 게 제일 빠른 비책이었다

집안 행사 때면 난 꼭 아내 옆에 누워서 잔다
일정한 울림 항상 같은 주파수의 귀울림은
나를 깊은 잠에 빠뜨린다

합숙하고 일어나면 모두
잠 설쳤다고 이구동성이다

난 하나도 안 시끄럽고
음악 속에 잠을 잤는데
왜들 난리인지 모르겠다

매일 듣는 아내의 명품 연주 소리에
오늘도 난 아내와 꿀잠을 자고

하루를 열심히 살아준 아내가
콧소리로 피곤함을 말할 때면
내 맘이 짠하고 고맙기만 해서
걷혀진 이불 소복이 덮어주고 아내 등
살며시 두드리니
아내는 조용히 새근새근 잠 잘 잔다.

내 엄마

강아지 새끼는
뱅뱅 돈다
엄마 옆에서
뱅뱅 돈다

귀염 받고 싶어서
부비부비 문질러 댄다
엄마의 냄새를
묻혀가려고
엄마한테 문질러 댄다

엄마 새끼 하고 싶어서
꼬리도 흔든다

옆에 있는 강아지가 부럽다
내 엄마도 옆에 있다면 좋을 텐데
내 엄마가 궁둥이 한번
토닥거려 줬으면 원이 없겠네!

자네 (형)

자네가 꼭 가야 한다기에 보내드렸네
어이 좀 평안하신가?

자네랑 꿈꿨던 세상은 와보지도 못하고
나 혼자 덩그러니 이 자리에 서 있네
뭐가 그리 바쁘던가?

가슴에 뻥 뚫린 구멍으로 참으로 많은 바람을 느껴봤었네
아픈 바람 쓰라린 바람 허전한 바람
서글픈 바람 모두가 내가 맞기에는 힘들었고
내 맘을 울렁이는 바람이었네

천년이고 만년이고 자네랑 같이할 줄 알았었네
그리도 바쁘던가?

천천히 나랑 좀 놀다 가지 그랬었나.
나를 두고 자네 (형) 가고 나니
나 홀로 덩그렇다네.

콩나물

어릴 적 마당에 어머님 짚불 피우시어
물 뿌려서 타다만 재를
시루에 담아 가며 콩 한 줄금 재 한 줄금씩
켜켜이 담아 아랫목에 놓아 덮어두고
물 뿌려주니 한밤 자고 나면
손가락 마디 만큼씩 콩나물 자라났네

내 어머님 멀리 가셔서 그리움은
콩나물처럼 쑥쑥 자라만 오르고

어둠 속에 하얗게 떠오르시는
어머님 모습은
콩나물 굽어진 허리 되어
웃어 오신다.

누룽지

엄마가 생각나서
가마솥에 밥을 짓는다

묵직한 솥뚜껑 덮어 불 지피면
솔솔 김 내며 눈물 흘리는 가마솥은
엄마의 구수함을 칙칙 내뿜는다

구수한 누룽지는 엄마 향기다

엄마를 생각하며 밥을 짓는다
아궁이 불 지피며 엄마랑 살던 때 엄마 생각들이
연기처럼 피어나고

하얀 연기 가득 찬 시골 부엌 아궁이에
눈물 흘려 불 지피면 가마솥도 눈물 흘려
밥 됐다고 알려준다

눈물짓는 가마솥의
향기는 엄마 향기다
노릇한 엄마 향기 누룽지 익었을 때
한 움큼 긁어주신 뜨거운 깜밥 한주먹
그 맛을 잊지 못해 또 엄마를 찾는다.

내 아내는

내 아내는 운전도 못 한다

전구도 못 갈아 끼운다

남자가 하는 일은 못 한다고 말한다

나 없으면 어떻게 살 거냐고 물으면
당신이랑만 살면 된다고 말한다

난 내 맘대로 세상을 떠날 수도 없다

내 아내는 나를 사랑한다고 말한다

난 아내를 이길 수 없다

아내에게 사랑한다고 말하면
아내가 활짝 웃는다.

행복한 사랑

행복은 문 열어둬도
오지 않고 이름 불러도
오지 않았다

마음 상해 울던 날
등 두드린 소리에
뒤돌아볼 때
엄마의 웃음은
행복이었다

사랑은 떼를 써도
오지 않다가
거짓 눈물 흘리고
잠든 내게
살며시 입 맞추던
엄마의
입술에 묻은 사랑이
반짝거렸다.

엄마의 외출 (치매)

마른 대추처럼 주름진 얼굴의 아기가 잠잔다
기저귀 차고 착하기만 한데도
우린 그 아기를 보면 눈물이 난다

한없이 미안하요
자장가 불러주지 못해서 미안하요
배불리 먹여 드리지 못해 미안하요

우리 엄니는 아기로 태어나셨다
천사가 되어버리셨다

엄마가 외출을 다녀오시면
그때는 난 아들이 된다
나를 아들이라 불러주시며
한없이 포근하시다

치매는 우리 엄니를 아기로 바꿔놓았다
미안해요
내 엄니.

젖

논두렁에 쫓아가
젖 한 모금 달라 울어대면
아무도 모르게 그 귀한 부드러운 살
제게 물려 안아주시고
행복해하는 나를 보며 한없이 맑게
웃어 주셨습니다

배고파서 안 나올까
못 먹어서 말라질까? 노심초사 미역 줄기
한 줌 삶아 드시고 나를 이리 키워주신
엄마 젖이 생각납니다

잠잘 때면 품에 안겨 말랑거린 장난감을
작은 손으로 쥐어봐도 그저 웃어주시며
사랑을 먹여주셨던 어머니가 그립습니다

봉긋한 묏등 같던 가슴으로
뚝뚝 내게 젖물 흘려 주셨던 그 가슴이
편편한 작은 언덕 되었습니다

자식 키우는 일에는 살점도 떼주셨던
하늘보다 더 높으신
어머님 마음만큼 뚝뚝 입에 흘려 주셨던
따스한 젖가슴
내 마음속 봉긋한
어머님의 젖가슴 더듬습니다.

팥칼국수

동네 사업장에서 여러 날 일하시고 나면
양놈들 밀가루 한 포를 받아오신 어머니는
"어따 오지다"를 연발하신다

밭둑에 심었던 팥꼬투리 따서 말린 거랑
궁합 맞춰 팥죽 쒀 주시려나 보다

마당에 대발 깔고 걸레질하고 할아버지
오시면 상차림 할 때
커다란 심지 등에 불이 켜졌다

뜨겁던 팥물이 빨리 식으면 한 그릇 먹고
또 먹을 텐데 후후 불던 여름날 팥칼국수는
뜨겁기만 하고 내 마음은 바쁘기만 하다

남아있는 팥칼국수 한 그릇이 바구니
덮어쓰고 장독에서 이슬 잠을 자고 나면
어김없이 내 몫이 되었던 그 아련한 맛을
이젠 생각만 할 뿐이구나.

추모관

조용히 쳐다만 봐도
눈물방울은 골짜기 따라 또르르
흘러서 입술 언저리에 멈췄고

짭짜름한 울음 맛에 가슴 미어지고
어깨만 들썩거려
울음 울던 곳

내 형님을 불러보다
맘이 무너질 때는
내 맘이 털썩 주저앉아 버렸다

말 못 하고 얼굴만 바라보다가
잘 있으라 말하며 손 흔들며 나오면

등 뒤로 들려오는
내 형님의 소리가 들린다
오야 동생~
잘 가소!

한가득 고인 핑 돈 눈물 안 흘리려고
먼 산만 보며 걷는다.

마지막 인사

미안합니다
뭐라도 해드릴 수 있는 거라도 있다면 좋겠지만
마치 애벌레 꼬치처럼 웅크리고 계십니다

감겨버린 눈 사이로 보시기라도 했을까?
장모님!
나 누구요?
알아보시겠소?
아무리 말해봐도 눈 감으신 채 계시다가
처제가 "엄마 이제 갈게요"
말하니 고개를 살짝 끄덕이시네요
눈 감은 채로
내 맘은 물 출렁거리듯 요동칩니다

어이 사우
이거도 싣고 가소
이거도 실으소
비좁은 승용차에 이거저거를 끝없이 챙겨 실으셨던
장모님
항상 불만이었는데
필요 이상으로 이거저거 챙겨주시면 내 맘은
불편한데 내 말은 간곳없으시니 저의 얼굴에다
"싫어요"를 써버렸습니다

겨우내 가마솥에다 엿물 끓이셔서
하얗게 바람 구멍
생길 때까지 늘려서
엿을 상자째 보내주시던 장모님이
딱 한주먹만큼의 작은 모습으로 말라져 계십니다

저 하늘 하얀 구름 타고 훨훨 날아가셨으면 좋겠습니다

한줄기 소나기가 쏟아져
내 가슴의 눈물
툭 터져 펑펑 흘리면 시원할 것 같습니다

한없이 자식만을 위하시던 장모님의
사랑은 내가 추운 날은 볕이 되어주실 거고
더워서 땀 흘린 날은 어머님의 부채 바람 저에게
시원함 주실 겁니다

어이 사우 잘 살소야
장모님!
고마웠습니다
좋은 곳에서 뵐게요
오늘의 인사가 마지막 인사 같아서
슬픔의 소나기 왈칵 쏟아집니다.

장모님 순천장 가시던 날

가을 햇볕에 마르고 마르다가
마르던 날 뼈 앙상한
장모님은 멀리로 떠나십니다

정강이뼈에 풀칠하시어
창호지 붙인 살갗을 남겨 두시니
세상의 고난을 한없이
벗어내시는 모습에 통곡의
눈물을 흘립니다

다 놓아두고 가벼운 모습으로 떠나
가시는 날에
당신의 날갯짓에
손뼉을 쳐 드리고 싶은데
자꾸만 자꾸만 눈물이 납니다

화장터의 저 높은 굴뚝에
연기가 피어오르고
하얀 나비 한 마리가
눈앞에서 훨훨 날아갈 때에
나의 가슴이 주르륵
눈물을 흘립니다

순천 장날 피꼬막 사러 웃음 지으며
떠나시는 장모님

잘 가세요
장모님~!

5만 원의 번영

못내 미안하신 아버지가
내 손에 쥐여주신 5만 원은
내 인생의 종잣돈이어서
나 살아오며 쓰고도 남아서
아직도 쓰며 살아간다

싸구려 청바지 입고서
티셔츠 한 장 위에다 입으니
뽈록 나온 뱃살은 나를 여유로움으로
바꿔놓는다

아버지
미안해하지 마십시오
제겐 너무도 큰 고마움이었습니다
큰 번영은 아니어도
내 아내가 저를 사랑하고
우리의 아이들이 저를 사랑해 줍니다

다시 5만 원으로 돌아가도 괜찮습니다
저의 가슴속 번영은 휘황찬란한
사랑의 불빛으로 둘러싸여 한없이 빛나니까요.

엄마 생각

엄마가 보고 싶은 날은
어떤 말도 하기가 싫다

엄마가 생각나는 밤에는
누워서 눈 감아도
눈동자는 깜빡거린다

꿈에는 안 오시니
뵐 수도 없지만
보고만 싶은 엄마

엄마가 하늘만큼
보고 싶은 날엔
빨간 토끼 눈 되는 사람 있다

엄마가 보고 싶은 날은
아이들이 눈 아프냐고
묻는다

아직도 아기처럼 엄마를 찾을 때면
내 맘 알고 다가와서
등 두드려주는
내 아내가 고맙다.

하나, 둘, 셋 넷

우리 가족은 넷이다
하나, 둘, 셋 넷

나 하나부터 시작해서
하나, 둘, 셋 넷
내 아내가 와주어서
우리는 하나, 둘

우리 멋진 아들이 와주어서
우리는 하나, 둘, 셋
우리 예쁜 딸이 와주어서
우리는 하나, 둘, 셋 넷

넷이 서 있는 사진이 너무나
행복해 보인다
넷으로 자란 사랑
꽃 피어 있다

많이 돌보지 못해서
풀밭에서 자랐어도
가을 하늘 코스모스가
예쁘기만 하다

아름다운 꽃밭에서 손 흔드는
네 송이의 행복한 웃음
내 가족의 사랑이어라.

하늘땅 별땅

엄마는 하늘만큼 땅만큼 좋아
아빠도 하늘만큼 땅만큼 좋아

나더러
얼마나 좋냐고 물으면
하늘땅 별땅이야

내가 널 좋아하는 건
하늘만큼 땅만큼
더 좋아할 수는 절대 없어
하늘땅 별땅만큼

이 세상에서 제일 사랑하는
넌 내겐 하늘땅 별땅
내 품에 안을 수도 없을 커다란 하늘
억만년 먼 곳에서 반짝이는 별빛들은
이 세상의 제일이야
넌 하늘땅 별땅

얼마나 좋은지 물으면
하늘땅 별땅이야
넌 내게 오늘도
하늘땅 별땅이야

더 이상 커다람은 없을 거야
너를 사랑하는 맘
이 세상에서 제일 큰 사랑은
하늘땅 별땅이야

내가 가진 모든 것은
하늘땅 별땅이야.

4. 꿈에 그리는 고향 영암

목화

가을바람이 투정을 부리며 지나가고
하얀 구름은 양 떼를 만든다

시집갈 우리 누나
이불솜 만들어줄 목화는
꽃 피우고 열매 맺더니 솜덩어리를
주렁주렁 매달아 놓는다

따뜻한 솜이불로
금침을 만들어서
시집보낼 우리 누나

부모님의 마음처럼
큼직큼직한 목화 열매가
솜덩어리로 익어갈 때면

가을의 끝자락에
목화솜 덩어리는
뙤약볕이 좋아선지
훌렁훌렁 옷을 벗는다.

월출산

거대한 돌산 월출산아
석공이 너를 깎아놨는가
지나던 달빛에 닳아버린 세월의 흔적인가

네 바위의 모습들은 아무도 흉내 내지
못할 모습들로 능선과 계곡을 이루고
햇살과 구름과 안개와 빗물을 머리에 얹어가며
바뀌는 여러 표정으로 영암 땅을 내려다본다

월출산 너를 보면 너무도 완벽해서
부족할 것 같은 미완이 보고 싶어진다
뾰쪽뾰쪽 울퉁불퉁 수많은 봉우리의
수려함은 절묘한 산의 그림처럼
우뚝 서 있다

절벽을 휘감은 바위들은 병풍을 펼쳤고
계곡 속에서 바라보는 바위의 세상은 신비롭기만 하다
여인의 허리선처럼 둥근 바위 능선들이
봉우리마다 자태를 뽐내고 서 있는 너의 모습들

월출산아

둘러보면 돌 아닌 곳 어디이고
바위 아닌 곳 어디더냐
정 하나 붙일 곳 없을 만큼 딱딱한 돌덩이산
월출산아 너를 걷다 보면
딱딱함은 간곳없이 포근함 속으로 빠져들고
너의 유연한 선을 따라 걷다 보면 바위의 아름다운
절경 속에서 모두는 넋을 놓는다

달빛은 밤을 밝혀 천왕봉 구정봉을 넘어서고
영산강 물에 온화한 얼굴 비춰보며
까맣게 갯벌 펼쳐 놓고 잠든 서해바다로
소리 없이 찾아가고 있다.

영암 무화과 1

내 고향 영암은 무화과 있다
뜨거운 여름 되면 달콤한 맛이 가득 차는
영암이 고향인 무화과 익는다

널찍한 잎 하나 달콤한 무화과 한 개
잎새랑 열매랑 누가 더 많이 맺히나
시합을 한다

월출산 달빛은 환히 비추고
가지마다 조랑조랑 열매속에 꿀을 담았다
바닷가 짠바람 살랑살랑 잎새 흔들면
무화과 열매속에는 탱탱한
사랑의 보약 가득 담았다.

영암 무화과 2

무화과 사랑이 달콤하네
무화과 사랑은 찐득하네
무화과 사랑은 씁쓸한 향기를 남기고
무화과 사랑은 하얀 눈물을 흘리네

한여름의 땀방울에 영글어가는
무화과의 잎새마다 맺힌 작은 열매가
밤이면 커다란 꿈을 꾸고
불볕의 여름 속에 속살 반짝이는
검붉은 진주가 무화과나무에는 맺힌다

월출산 천왕봉에 뜬 달빛이
밤새 내려봐 주고
영암의 바닷바람과 찰진 황토는
향토의 맛을 정성으로 담는다
무화과의 애틋한 사랑 담은 열매는
잘도 익어만 가고
달콤한 그 맛 아무도 모른다

한입 먹고 나면 건강해질 것 같은
신선한 향기는 아무도 모른다
맛보아야만 알 수 있다.

호박

넝쿨의 끝마디에
달팽이 아씨가 춤추며 가고
느릿느릿 호박넝쿨 길을 가다가
노랑 꽃송이 문 열어 두고
알록달록 호박벌에게 구애한다

세상천지 모두를 제 것처럼
커다란 이파리로 덮어버리고
나뭇가지 붙들어 길을 떠난다

빙글빙글 높은음자리표 그려 놔놓고
이 가지 저 가지를 옮겨 다니다
가지마다 호박꽃 피워 놓았다

소나기 내려도 아랑곳 않고
달팽이 수염 앞세우고 더듬더듬
느릿느릿 자라나는 호박넝쿨은
오선지를 그려 놓고 노래 부른다

다섯 줄 줄기에다
노랗고 예쁜 꽃의 노래 만들자
크고 작은 꽃송이로 음표 그려서
높고 낮은 줄기에다 매달아두자

저 멀리 허수아비 두 팔 벌리고
허우적거리며 지휘를 하면
참새떼 내려앉아 노래를 한다
지지배배 지지배배 노래 부른다.

묵은지

항아리에 담아 두고 아직
맛보지 못한 우리 우정들을
묵혀둔 그 세월을 이젠 꺼내보세

묵은지가 신맛뿐이던가?
물러진 듯 보여도 단단한 아삭거림이 있고
그 안에는 우리만의 향기처럼
비린내 날 것만 같던 멸치와 새우의
고소하게 발효된 향기와
맛이 우리만의 맛과 향기 아니겠나

친구들아
묵은지 꺼내면 다 시어빠진 듯
보여도 맛보면 그만한
우리 맛이 어딨더냐?
묵혀진 깊은 우리 맛이
더 묵혀 두면 하얀 꼬래기 피어
못 먹게 될라

지난 세월만큼 삭혀진 우리의 우정은
어떤 맛이 되어 있을까?
빨리 우리 우정 꺼내어
썰어놓고 삶은 고구마 먹으면서
밤새워 이야기 꽃피우자.

여름 냇가

냇물은 흐름도 멈춰 선 듯이
유유자적
하나도 바쁠 것 없이 흘러만 가고
지느러미 질로 물속을 헤엄치던
잉어가 여름 장날
장을 보러 가는 듯이 느릿느릿
냇가를 떠다닌다

솜씨 좋은 화가가 그려 놓은
긴 머리카락의 수양버들 나무와
파란 하늘 속의 하얀 솜 구름이
잔잔한 물살 위에서 노니는 모습은
그림으로 보였다

계곡에서 소리치며 흐르던 물줄기가
뜨듯한 물살 속으로 조용히 입 다물고
흘러만 갔고
참새만큼 커다란 매미가
나무 뒤에서 지르는 여름의 소리는
귀가 아프다

매미의 괴성에
여름은 뜨겁고 뚝방 언덕에
빨갛게 열린 보리 딸기는
점점 얼굴 붉히며 뜨거운 햇볕 속에 익어간다.

백합

장독대 옆 화단 모퉁이에
하얀 꽃 나팔 내밀어
피어 있는 백합꽃은
밤이 어둑할 때면
향기로 마당을 꽉 채워 놓았다

대문 앞에 발 디디면
강아지 꼬리 흔들어 반겨주듯이
향기로 반겨주던 커다란 백합 송이
송이마다 장독대며 마당을 휘젓고 다니던
겁 없던 녀석이었어

격자문에 발라진 창호지를 넘어서
잠자리에 찾아오던 너를
사랑해 버린 나의 순정은
아직도 너를 잊지 못해 그리워한다

비쩍 마른 몸매의 커다란 얼굴
숯검정 눈썹을 붙이고 서 있던
너의 하얀 송이는 은은한 달빛에
녹아 곱기만 했었다.

보리 꺼시락

보리의 머리털처럼 꼿꼿이
서 있던 네가 옷 속에 들어오면
한없이 꺼럽기만 하던 너를
이제는 이름도 잊어버리다가
부잣집 밥상에서 너를 찾는다

배고픔의 서러움 속에서 입안에 고여지는
침만을 꼴깍꼴깍 삼켰던 그 시간을
기억 속에 심어놓고 너는 지금 상류사회로
가버렸느냐

너의 까맣던 보리밥 알의 모습은 지금도
기억 속의 점심시간 나의 도시락 속에서
부끄럼의 모습 같은데
이제는 귀하신 보리밥 되어있구나

꺼럽고 꺼럽게 살아온 우리가
보리 꺼시락 너를 꺼럽다 하겠느냐
보릿고개 넘어 전설이 되어버린
보릿고개는
배가 고파 아직도 슬퍼 울고만 있단다.

뱀딸기 먹는 법

빨간 딸기 알 맛나 보여도
이름이 뱀딸기

먹고 싶어 하면 속눈썹 하나
뽑아내고 먹으면
탈 없이 맛나다지요

손톱만큼 작아도 잘 익은 뱀딸기
속 눈썹 뽑아주고 먹어보려니

입안에 넣기도 불편한 뱀딸기
이름만 불러도 무서운 뱀딸기
그래도 잘생긴 딸기다.

꽃반지

어릴 때 끼웠던 꽃반지가
생각이 나서
혼자 앉아서 만들어 끼웠다

꽃은 이쁘고 그대론데 내 손이
주름지고 볼품없구나

시간을 되돌리진 못해도
내 맘을 되돌려서 어린 시절로
돌아가자

내가 너의 손가락에 꽃반지 끼워줘도
괜찮을까~?
그럼 넌 내 새색시 되어야 하는데
너 내게 꽃반지 묶어줄래?

그럼 내가 너의 새신랑 되어줄게
풀꽃 두 송이가 인연을 만들었네.

만추

감나무에 주렁주렁 매달린 감들을
간지대로 똑 따서 망태기에
담아 넣고 맨 꼭대기 홍시는
까치밥 남겨두소

이파리들 우수수 떨어질 때
햇볕은 사이로 내리쬐고
흩날리는 낙엽들이
꽈배기처럼 몸을 비튼다

가을이 찬 서리 맞으며
주춤주춤 뒷걸음질할 때
온 동네 단풍으로 물들었구나

갈대꽃 할머니 머리는 바람에 헝클어지고
구절초 꽃봉오리는 서리맞아
단발머리 여학생이 됐네.

망치쟁이

문대준 시집

2025년 6월 2일 초판 1쇄
2025년 6월 4일 발행
지 은 이 : 문대준
펴 낸 이 : 김락호
디자인 편집 : 이은희
기 획 : 시사랑음악사랑
연 락 처 : 1899-1341
홈페이지 주소 : www.poemmusic.net
E-Mail : poemarts@hanmail.net

정가 : 12,000원
ISBN : 979-11-6284-592-9